中國詩人詞人曲家賞析

戴麗珠著

airiti press

目 錄

一、王維

生於西元七〇一年，卒於西元七六一年，享年六十一歲。山西祁縣人，為開元九年（西元七二一年）進士，字摩詰，為盛唐三大詩人之一，與李白、杜甫鼎足而三，號稱詩佛，工音律，為南宗水墨山水畫的開山祖，蘇東坡稱他：「詩中有畫，畫中有詩。」官至尚書右丞，世稱「王右丞」，今存詩作四百餘首，為盛唐田園山水詩與邊塞詩的大家，田園山水詩與孟浩然並稱，影響其時的詩人儲光羲、劉長卿等人，並亦影響清朝田園山水詩人。

今選三首代表作，作翻譯，賞析。

1. 終南別業

詩曰：

中歲頗好道，
晚家南山陲。
興來每獨往，
勝事空自知。
行到水窮處，
坐看雲起時。
偶然值林叟，
談笑無還期。

翻譯：

中年喜歡學佛，
晚年隱居終南山下的輞川別墅。
興致一來，每每獨自出遊，
輞川附近的山水美景，只有詩人自己能體會。
走到水源的盡頭，
坐下來看山與山之間的雲朵，悠然浮動。
偶然在山間遇到樵夫，
和他談談笑笑，忘了回家。

賞析：

這首詩是詩人晚年隱居在網川別墅，自得其樂、閑適生活的寫照。

首兩句寫自己中年以後即信佛，晚年隱居在輞川別墅。這首詩代表王維信佛後，追求佛家禪境的寧靜自得的生活情趣。給人開闊、自適、放達、樂觀、自然恬靜自處的詩境，為田園山水詩的代表作之一。

三、四句寫隱居的閑情逸致。第三句寫詩人興致勃勃獨往遊山景，第四句寫隱居輞川，輞川的自然山水美景，只有詩人自己能體會、能感受到遊玩自然山水的樂趣。

五、六兩句寫自在樂觀。第五句寫隨意在山水漫步，不知不覺走到水源的盡頭，前行已無路。詩人就索性坐下來，欣賞山嵐間的浮雲。用一「行」、一「到」、一「坐」、一「看」、的描寫，明白顯示詩人悠閒自適的心境。樂觀的生活態度，表露無遺。令人感受「詩中有畫」的意境。

最後兩句，寫出遊欣賞自然山水美景是偶然，在山中遇到樵夫也是偶然，生活的自在、不經意追求的態度，自然表現。

整首詩給人樂觀自在、悠閑自如、生性淡遠、超然物外的達觀精神，意境悠遠、雋永，發人深思。

2. 山居秋暝

詩曰：

空山新雨後，
天氣晚來秋。
明月松間照，
清泉石上流。
竹喧歸浣女，
蓮動下漁舟。
隨意春芳歇，
王孫自可留。

翻譯：

遼闊的山林，寂靜空曠，剛剛下過雨，
天氣是晚秋時的黃昏。
明亮的月色，照著青翠的松林，
清澈的溪流泉水，嘩啦嘩啦地流過磐石。
竹林間傳出喧鬧著，洗衣罷了，要回家婦女的笑語，
荷葉在池塘中晃動，原來是順流回來的漁夫。
隨意自在地在山間生活，春天剛過，
王孫公子自然可以留下，歸隱山中。

賞析：

這是一首秋天的傍晚，居住在山野中的詩人，清新高潔的情懷，充滿詩情畫意。

首兩句，用「空山」的「空」字，點出寂寂遼闊的山景，為這一幅「山居秋暝」圖作背景。山中雨剛下過，天正晴朗、空氣清新，是個秋天的傍晚。

第三句由視覺的感受，寫望眼看去，天色已晚，皓月當空，月光柔和地照射著青翠的松樹林。

第四句由聽覺來看，清冽的山泉，淙淙流瀉在溪流山石之上。三、四句寫幽清明淨的山景泉聲。第三句是靜景，第四句是動景。

第五句寫再由聽覺看，竹林間傳來陣陣喧嘩的笑語，是洗罷衣衫，正準備歸家的婦女的喧鬧聲。

第六句寫再由視覺看，亭亭玉立的荷葉正在晃動，原來是順流而下的漁船，正要上岸。第五句以一「喧」字，寫熱鬧。第六句以一「下」字，寫歸家漁人。表現無憂無慮、山村居民的生活圖景。第三、四句寫景，第五、六句寫人，情景交融、動靜相參，一幅山村自然生活圖景，栩栩如生。

清泉、青松、翠竹、青蓮是詩人高尚情操的寫照，是詩人理想生活境界的環境烘托。

最後，詩人寫生活在如此清新美好的世外桃源，自在任意的芳春剛過，在這秋夜下，「王孫」公子想要久留山中、歸隱山林，自然可以留下。

全詩通篇比興、詩人通過對山水、人物的描繪，寄慨言志，含蘊豐富，耐人尋味；而「詩中有畫」更是栩栩動人、清新雋永。

3. 積雨輞川莊作

詩曰：

積雨空林煙火遲，
蒸藜炊黍餉東菑。
漠漠水田飛白鷺，
陰陰夏木囀黃鸝。
山中習靜觀朝槿，
松下清齋折露葵。
野老與人爭席罷，
海鷗何事更相疑。

翻譯：

連著幾天下雨，空曠的山林，炊煙裊裊；山野的農家，遲遲炊飯，

農婦忙著炊黍煮藜，準備著，送飯菜給東邊田野耕作的丈夫吃。

廣漠的水田上空，白色的鷺鷥自在飛翔，

茂密的夏天林野，黃鸝鳥輕聲婉轉鳴叫。

在山野生活久了，習慣恬靜的山居，自在靜觀早晨的木槿，

在松林下，採帶露的葵菜，來供給清齋素食。

隱居在山野的老人，已與世無爭，

海鷗又何必生出猜疑之心呢？

賞析：

這一首詩描寫輞川恬靜優美的田園風光，並結合詩人幽淡清雅的禪寂生活，情景相融、物我相愜，達到自然與人相契相合的意境。

首兩句寫綿綿不絕的雨季，天陰地濕、空氣潮潤，靜謐的山林上空，炊煙裊裊。用一「遲」字，表現所見之景是慢慢移動的。

山下農家，正燒火做飯；婦女蒸藜煮黍，把飯菜準備好，提著送往在東面山頭田中耕種的家人吃。

行文平易自然，表現田家樂圖。

第三、四兩句，寫視覺上所見的大自然景色。「漠漠」寫水田廣佈，視野蒼茫，白鷺鷥翩翩起飛、意態閑靜瀟灑。

「陰陰」表現夏天的林木茂密，幽深意遠中，黃鸝鳥高低上下、互相唱和鳴叫，聲音恬美快活。

黃鸝和白鷺，顏色濃淡參差，彩色淡雅。一寫動態「飛」，一寫音樂的美感「轉」；畫意盎然，詩中有畫。

第五、六兩句寫詩人禪寂的生活圖景。第五句寫詩人獨處山中，已經習慣了靜寂的山野生活，早起自在地觀看木槿自開自落。第六句寫詩人幽棲在松林之下，採折帶露珠的葵菜，供給清齋中，素食食用。

最後兩句，寫詩人淡泊、自然的自在自適心境；詩人隱居輞川，已與世無爭，自在恬靜、閑遠自然，田園山林生活自適愜意；所以，反問海鷗，又何必再生猜疑之心呢？一片自然、清新、快活、自在。

整首詩詩風形象鮮明、興味深遠，表現詩人隱居山林，脫離塵俗的閑情逸致。是王維田園山林詩的代表作，意境深遠，風格超邁。詩中：「漠漠水田飛白鷺，陰陰夏木囀黃鸝。」句，為千古名句。

二、李白

生於西元七〇一年，卒於西元七六二年，享年六十二歲。祖籍隴西（今甘肅省），五歲隨父遷居四川。字太白，號青蓮居士。與王維、杜甫為盛唐三大詩人，號稱詩仙。唐玄宗天寶元年（西元七四二年），受唐玄宗禮遇，任翰林供奉，由於李白個性瀟灑不羈、倜儻風流、慷慨自負、傲岸不俗，不與現實世界妥協的傲骨；所以，在長安僅僅不到三年，就被唐玄宗永不再用，離開了長安；後來流浪到洛陽，與杜甫、高適相識，並成為好朋友。杜甫有詩〈天末懷李白〉及〈憶李白〉的詩篇。有《李太白集》傳世，詩作一千多首。作品如天馬行空、浪漫奔放、意境奇特、才華洋溢。

今選三首代表作，作翻譯、賞析。

1. 山中問答

詩曰：

問余何意栖碧山，
笑而不答心自閑。
桃花流水窅然去，
別有天地非人間。

翻譯：

問我是什麼心意，住在這青翠碧綠的山中，
我笑著不回答，心情是閑逸的。
碧山上的桃花，隨流水自然地飄逝，
這情景，不是人間可尋，自然另有天地的。

賞析：

這首詩詩意淡遠，卻如空谷仙音，令人迴蕩懷思不已。詩用問答的方式表示詩情，這在題目上已經表明。在山中問答，全詩短短四句，有問，有答，有敘述，有描繪，有議論，非天才無法有此筆力。

首句發問，第二句敘述，不答而答。這二句給人迷離曲折、曠達閑遠的意境。

末兩句，寫碧山風景與詩人超邁望遠、脫離塵俗的風襟。「桃花流水窅然去」寫碧山天然景色，「別有天地非人間」寫栖息碧山的情懷。

句與句之間的轉接，輕靈、活潑、流利。「別有天地非人間」與五代南唐後主詞：「天上、人間。」有異曲同工之妙。

李白此詩虛實穿插、並用，首句實寫，次句虛寫，第三句又實寫景，第四句天外飛來一筆，虛寫情。實處形象可感，虛處一觸即止。虛實對比並用，蘊意幽邃，表現出超然、自然、悠遠、灑脫、舒緩的風格。

是詩仙李白的詩意，仙意曠渺、瀟灑出塵。是李白七絕的佳作。李白於此詩，詩情自然流露其人風範襟懷。令人折服。

2. 戰城南

詩曰：

去年戰，桑干源。
今年戰，蔥河道。
洗兵條支海上波，放馬天山雪中草。
萬里長征戰，三軍盡衰老。
匈奴以殺戮為耕作，古來惟見白骨黃沙田。

秦家築城備胡處，漢家還有烽火燃。
烽火燃不息，征戰無已時。

野戰格鬥死，敗馬號鳴向天悲。
烏鳶啄人腸，銜飛上挂枯樹枝。
士卒塗草莽，將軍空爾為。
乃知兵者是凶器；聖人不得已而用之。

翻譯：

去年戰爭，地點在桑干河的源頭。
今年戰爭，發生在葱嶺河的河道上。
在西域條支國的海上，洗去兵器上的污穢。
在新疆天山草原上，牧放戰馬。
征伐廣遠久長，三軍將士們全都衰褪、年華老去。

匈奴把殺人看做日常的農耕，自古以來只見白骨橫臥黃沙中。
秦始皇構築萬里長城抵禦匈奴的入侵，大漢朝廷卻依然有烽火高舉。
表示戰爭的烽火點燃著不熄滅，戰爭征伐永遠沒有完了的時候。

在野外發生戰爭，將士們格鬥而死；殘廢的馬向天哀號悲鳴。

烏梟鳶鳥啄食戰死將士的肚腸，用嘴銜著飛上天去，將腸子挂在枯樹枝上。

兵士們屍首曝露在草莽間，將軍也一無所獲。

我們才知道，兵器實在是凶器，聖人在萬不得已的時候，才會用它，以戰止戰。

賞析：

這首詩是詩人承襲漢樂府的非戰思想，表現詩人反戰的情懷。

在要賞析這首詩之前，我先將漢樂府鐃歌十八首之一的〈戰城南〉歌詞書寫於後，以幫助讀者的了解和比較。

戰城南，死郭北。

野死不葬，烏可食。

為我謂烏：「且為客豪，野死諒不葬，腐肉安能去子逃。」

水深激激，蒲葦冥冥。

梟騎戰鬥死，駑馬徘徊鳴。

（以下略）

古樂府戰城南前段描寫戰爭的殘酷與慘烈，以遏止人們好戰的思想，後段寫戰士視死如歸。而李白用的是前段的非戰意識，反覆鋪排，說明朝廷連年征戰、窮兵黷武，耗損人民的財力、人力，使將士盡老邊關，一將功成萬骨枯；而李白卻認為朝廷的用兵，使人民付出沉重的災難代價，卻又幾經失敗（將軍空爾為）。於是寫下了這一篇開宕、疊蕩的詩篇。

第一段八句，由開筆「去年戰」到「三軍盡衰老」，描寫征伐的頻繁和遼遠。

首四句，兩組對稱，寫連年在邊疆用兵，東征西討、兵戎不息。句式重疊，意象鮮明。

第五句、第六句寫征行的廣遠，由戰爭的頻繁到征伐的廣遠，有力的突出主題，深化了詩的內容和意境，使人有窮兵黷武的強烈感受。

最後寫征戰的結果，是使將士們在無謂的戰爭中，消耗盡了青春年華和壯盛體力。承接水到渠成，自然堅實。

第二段六句，由「匈奴」到「征戰無已時」，描寫從歷史上看，匈奴好戰，秦漢戒備防患，卻無法消彌戰爭。表現詩人深刻的識見和慨嘆。戰爭不止，縱的來看，是歷史教訓，橫的來看，是征伐的頻冗和廣遠的事實。加強戰爭不止的慨嘆。

第三段承襲古樂府，強力描寫戰爭的殘酷和慘烈，以強化詩的主題——反戰的意識。由「野戰」到「銜飛上挂枯樹枝」，形象地加深描寫慘烈的戰爭後果，文字悲淒，場景慘酷，筆墨誇張。第一、二段敘事，這一段象徵。而末了卻以勞民傷財，大動干戈的征伐，卻是空然的失敗的史實；表現詩人對人民的犧牲和同情。所以「不要戰爭」、「徒增百姓的痛苦」，詩人由此三段描述，大聲疾呼。

最後，化龍點睛地點明主題——非戰思想，水到渠成。

這是一首敘事詩，每一段都用對稱句鋪寫，結語都以感嘆作結，音韻鏗鏘，節奏鮮明，轉折、變化、鋪述，強力有致。每一段敘事和感嘆，自然和諧的交融成一片。讀來有一唱三歎、迴環疊宕的韻致。

李白此詩深化古樂府的鋪寫，從思想內容到藝術形式，都有重大的突破和創造性。行文逸宕流美，表現詩人歌行詩的凝鍊精工和奔放、一瀉千里的氣勢。不僅在思想感情的表現，令人動容，寫作的藝術手法和開創詩體風格的氣勢也令後人玩味不已。

這是一首絕妙好詩。

3. 早發白帝城

詩曰：

朝辭白帝彩雲間，
千里江陵一日還。
兩岸猿聲啼不住，
輕舟已過萬重山。

翻譯：

在朝霞滿天的清晨，辭別白帝城，

白帝城與江陵相隔千里之遙，我卻在一日之間就到了。

長江三峽的兩邊河岸上，傳來猿猴啼叫的聲音，啼聲不止，

輕快的小船，很快的越過一萬重的遠山。

賞析：

這首詩詩題又名「下江陵」。

全詩旋律明快嘹亮，表現一片喜悅暢快之情。

首句「彩雲間」描寫白帝城地勢之高。為全篇描寫由上游向下游行舟，舟速飛快作一伏筆。

次句以「千里」表現空間的遼闊、綿遠。並以「一日」表現時間的快速。妙在用一「還」字，表現詩人對

非是家鄉的江陵，視同家鄉，表現詩人令人傳神，細細玩味的詩眼。

第三句寫長江三峽兩岸的猿猴啼聲，在詩人耳中渾然一片，故吟出「啼不住」的詩句。清・桂馥，《札樸》云：「此詩妙在第三句，能使通首精神飛越。」

末句寫瞬息之間，「輕舟已過萬重山」。除了形容快之外，用一「輕」字烘托、呼應，令人別生情趣韻味，意境超妙。

整首詩詩風俊拔、空靈、飛動、豪情萬丈，並給人輕快歡悅之感。而音韻之美，也蕩人心魂，餘音繞樑，三日不絕於耳。楊慎，《升庵詩話》云：「驚風雨而泣鬼神矣。」千百年來，令後人傳唱不已。

三、杜甫

生於西元七一二年，卒於西元七七〇年，享年五十九歲。字子美，號少陵。曾任左拾遺，工部員外郎的官，故又被稱為杜拾遺、杜工部。與李白並稱李杜，與王維、李白號稱盛唐三大詩人。有詩聖的稱號。詩風沉鬱頓挫。有詩《杜工部集》傳世，今存一千多首詩。

1. 曲江二首其二

詩曰：

朝回日日典春衣，
每日江頭盡醉歸。
酒債尋常行處有，
人生七十古來稀。
穿花蛺蝶深深見，
點水蜻蜓款款飛。
傳語風光共流轉，
暫時相賞莫相違。

翻譯：

每次上朝回家，天天典當春衣，
在曲江江頭每天喝醉了酒才回家。
常常所到之處，多有酒債，
因為不飲酒歡醉，自古以來，年過七十，就很稀有的。
蝴蝶在深邃的花叢中穿過，忽隱忽現，
婀娜多姿，飛過曲江的蜻蜓，只點到水面，一下就又飛走了。
傳話給美麗的曲江風光，與我一同流轉吧！
雖然或許是暫時的，但彼此互相欣賞，不要互相違背。

賞析：

曲江在今西安城南，為唐玄宗時，著名遊覽勝地。

首兩句敘事，寫朝罷回家，途經曲江，遊賞之暇，為盡興買醉而回，「日日典春衣」，因為作詩時為春天。

第三句寫為買酒盡醉，故常常欠債。第四句寫詩人為何如此嗜酒？因為人生短暫（「人生七十古來稀」為後人常用語。），所以要珍惜時光，即時行樂。

第五、六句描寫曲江景致，是千古傳唱的名句。用「穿衣」對「點水」，「蛺蝶」對「蜻蜓」，疊字「款款」對「深深」，「飛」對「見」；美景入目，生動、飛舞、輕靈，令人渾然忘我，融入自然之景中，給人充滿生意的動感美，也給人恬靜、自在的美感。

末兩句寫寄語明媚的春光，與我一同流轉，物我、景情，自然與人渾然合一；即使是短暫的一刹，也彼此欣賞，不要互相違背，詩情詩意發人深思。

這是一首情景交融，令人回味不已的好詩。

2. 月夜

詩曰：

今夜鄜州月，
閨中衹獨看。
遙憐小兒女，

未解憶長安。
香霧雲鬟濕，
清輝玉臂寒。
何時倚虛幌？
雙照淚痕乾？

翻譯：

想像今天晚上故鄉鄜州的月華，
只有妻子妳一個人在閨房外觀賞。
我遠在長安心疼我們的孩子們，
他們還小，不了解要思念遠在長安的我。
你那如蘭香氣的如雲髮絲，在深夜中，被霧水沾濕了，
清亮的月光，使你雪白如玉的雙臂，深感寒意。
什麼時候？我們再能同時倚著薄薄帷帳，
相對、相聚，讓月光照著我們，不再因相思而流淚？

賞析：

這是天寶十五年（西元七五六年）六月，杜甫帶妻小寄居鄜州（今陝西省）。後來離家在淪陷的長安，望月思家寫的。

首句點出時間，寫作詩的時間是「今夜」。然後點出自己身在長安望月，想的卻是鄜州的月，將題目點明，並為下文伏筆。

次句寫自己在月下，想的卻是獨身在鄜州的妻子。妙在詩人借月聯想，想獨處的妻子也像自己一樣，在「閨中」、「獨看」月。表現古人借月傳情的文化，像後來的蘇東坡，寫「但願人長久，千里共嬋娟」也是同一意涵。

第三句寫由妻子而想到還小的兒女，對兒女只有深愛，所以說「遙憐」。古人憐即愛，因為詩人遠在長安，故用「遙」，表示遠的意思。

第四句用一「憶」字，雙關。寫詩人夜中望月思念妻子，也想像妻子在鄜州思念詩人，而「小兒女」是天真無邪的，對這一對患難夫妻的情深，原是「未解」的，更突顯兩夫妻的深情厚意。

第五、六句描寫妻子看月的形象，進一步表現「憶長安」。「香霧」形容夜霧，「清輝」形容月光。霧濕雲鬟、月寒玉臂，表現望月之久，也烘托思念之深。

第七、八句在收束中，給讀者帶來希望。詩人的詩風被評為「沉鬱頓挫」，在這五、六、七、八的抑揚中，表現無遺。一「濕」字、一「寒」字，點月夜下，兩人看月，時間緜長、亙久。然後用反詰語，表明希望能看到妻子倚靠著「虛幌」（薄帷），兩人同在月夜下「雙照」。又表示既已再聚（想像），「淚痕」自「乾」。一「乾」字，表現詩人無窮的希望，殷殷的切盼。

這首詩詞旨婉切、章法緊密，令人再三吟咏、不厭不倦、回思不止。是一首表現夫妻情深的絕妙好詩。在古人的作品中，殊屬難得。這也是此詩名傳千古的原因。

3. 絕句四首其三

詩曰：

兩個黃鸝鳴翠柳，
一行白鷺上青天。
窗含西嶺千秋雪，
門泊東吳萬里船。

翻譯：

一對黃鸝鳥在青翠的柳枝樹梢鳴叫，
成行的白鷺鷥直衝雲霄。
窗上含著西邊山嶺上萬載的積雪，
門外停泊著三國赤壁東吳迎戰曹操大軍的千萬里舟船。

賞析：

這是一首生動的著色山水圖。

第一、二句對仗，第三、四句也對仗，表現出杜甫精於音律的才華。整首詩充滿繪畫美、節奏感、音樂美。表現清新、優美、歡快的意境與旋律。

首句描寫聽覺美感，黃鸝鳥鳴、悅耳動聽。在何處鳴叫？在翠碧的柳枝上叫。而不是很多黃鸝，也不是孤隻黃鸝；是成雙成對的兩隻黃鸝。豈不是一種喜訊、一種祝福？再加上由視覺上看，「黃」、「翠」對映，一幅動靜相參、顏色柔美的圖畫就浮現眼前。

第二句也寫的極美，由動入靜、由少而多。「一行」表示成行的「白」鷺鷥，直上雲霄——「青」天。「白」、「青」對比，視野由柳枝擴大到雲霄、由眼前望到廣袤的「青」天，給人遼闊無垠之感、也給人素淡之美的感受。

第三句、第四句，境界更加雄偉壯闊。詩人的雄心抱負、識見的開闊，由此結語可清晰明見。第三句以「千秋」雪，點時間的綿長；第四句以「萬里」船，表現空間的曠闊。用「窗含」與「門泊」表現詩人雖居家，但雄心萬丈、立足千古。以小見大作結，令人回味無窮。

詩雖短，卻音韻鏗鏘、對仗精工、婉麗開闊、兼而有之。真是名垂千古的絕妙好詩。

四、岑參

生於西元七一五年，卒於七七〇年，享年五十五歲。南陽（今河南）人。曾為嘉州刺史，人稱岑嘉州。為唐邊塞詩人，與高適並稱岑高。他擅長描寫邊塞奇麗多姿的生活，雄奇瑰麗、想像豐富，氣勢宏偉悲壯。有《岑嘉州集》行世，今存詩四百多首。

今選兩首代表作，作翻譯、賞析。

1. 白雪歌送武判官歸京

詩曰：

北風捲地白草折，
胡天八月即飛雪。
忽如一夜春風來，
千樹萬樹梨花開。
散入珠簾濕羅幕，
狐裘不暖錦衾薄。
將軍角弓不得控，
都護鐵衣冷難著。

瀚海闌干百丈冰，
愁雲慘淡萬里凝。

中軍置酒飲歸客，
胡琴琵琶與羌笛。

紛紛暮雪下轅門，
風掣紅旗凍不翻。

輪臺東門送君去，
去時雪滿天山路。
山迴路轉不見君，
雪上空留馬行處。

翻譯：

肆虐的北風疾捲，折斷地面上的白草；
塞外八月的天空，白雪紛飛。
忽然像春天的春風一夜吹來，
千萬株梨花樹紛紛開放，邊塞雪花紛飛。
雪花散入簾幕，沾濕了幕帷，
皮裘也不暖和了，錦被也嫌單薄，
天寒了！將軍控制不了角弓，
都護的鐵甲也奇冷冷得難穿著。
如海的沙漠，闌干上結著百丈冰柱，
離愁的雲天，凝凍了萬里的飛雪。
置酒在中軍帳送別，

胡琴、琵琶、羌笛的樂音響徹。

轅門下黃昏的雪花紛紛飛落，
雪凍紅旗，即使風馳電掣也不能使旗子翻動。

送君到輪臺東門外，
你南去的身影在鋪滿白雪的天山路上行走。

山勢迂迴、山路環轉，一下子看不見你了，
只有白雪路上空留著你騎馬行過的痕迹。

賞析：

這是一首咏雪送人的詩。文分六段，承接婉轉自然，描寫瑰奇、想像豐富，遣辭奇麗。

開筆咏雪，出筆奇特，不直接描寫雪，卻寫風來見雪。首句寫風強草折，北方八月雪花紛飛——用「即飛雪」，把白雪的動感，表現的淋漓盡致。然後詩人用非常奇異的筆調，形容「飛雪」。以春風使梨花開放來比喻北風使雪花飛舞。傳神微妙、精工貼切，新鮮奇兀，令人想像不到。用「忽如」表現驚奇，用「千樹萬樹梨花開」顯現詩人想像豐富、雄偉壯美；千萬梨花開放，如白雪紛飛，這個比喻令人稱奇也貼切。詩意浪漫、趣味奇特、情韻豪邁。以春景寫冬景，也是詩人不同凡人之處。

描寫了帳外飛雪，視角伸入帳內。團團雪花「散入」簾幕，消融、沾濕帷幕，寒冷得皮裘也不暖、錦被也嫌薄，接著深入寫雪融天寒，將軍也控制不了「角弓」，都護也穿不了「鐵衣」，用一「冷」字，點冰寒地凍。這兩句用人的感受，描寫嚴寒，亦即歌咏「白雪」。點題，也深化詩意，詩人對冷寒的胡天雪地，表現得奇趣橫生。

接著由帳內再寫到帳外，由近處寫到遠處，由點寫到面，由地面寫到天空，為送別開出一道場景。「瀚海闌干百丈冰」冰塞遼闊，「愁雲慘淡萬里凝」離情壯麗，一「百丈」、一「萬里」誇張冰雪寒天，離愁別緒，凝凍不釋。「冰」與「凝」都是奇語。

詩到此告一段落，底下寫「送武判官歸京」。

首先寫在「中軍」帳中「置酒」飲別，接著寫席宴中胡樂齊鳴，在離別愁緒中，更添哀怨。

然後寫「暮雪」紛飛，筆力不離咏雪。是黃昏、是白雪紛紛的胡天塞地，武判官要南還，一北一南，離愁是哀戚的，更見天寒地凍，所以再又用「風」力形容雪花，這次不是飛舞的，而是凝凍「紅旗」，詩人觀察的細微也表現其筆力的生動傳神，而塞外奇寒冷冽的天氣，又回應前文。白雪紅旗這也是奇寒下的奇景。

最後寫送別，送客到「輪臺東門」，看武判官越走越遠，天山路上是滿天白雪紛飛（又扣題寫雪），送別看不到武判官的身影，只看到白雪茫茫，只有馬行過的痕迹。一「空」字，令人尋思不止。詩語結得動人、扣人心弦。

這一首詩情奇思妙，繞著雪寫，把塞外奇特瑰麗的景象，用矯健的筆力表達出眾，融誇張、精工、生動、想像為一爐，行筆自然流暢、感情真摯動人。情感豐富、意象鮮明而且朗朗上口，具有優美的音樂感。是一首難能可貴的「有聲畫」；我們看下一首「走馬川行奉送出師西征」。

2. 走馬川行奉送出師西征

詩曰：

君不見走馬川行，
雪海邊，
平沙莽莽黃入天。

輪臺九月風夜吼，
一川碎石大如斗，
隨風滿地石亂走。

匈奴草黃馬正肥，
金山西見烟塵飛，

漢家大將西出師。

將軍金甲夜不脫，
半夜軍行戈相撥，
風頭如刀面如割。
馬毛帶雪汗氣蒸，
五花連錢旋作冰，
幕中草檄硯水凝。

虜騎聞之應膽懾，
料知短兵不敢接，
車師西門佇獻捷。

翻譯：

你沒有看到那遼闊的車爾成河，
就在西域的邊區，
在白天軍隊穿進戈壁沙漠，狂風怒捲，黃沙飛揚，
一片莽莽蒼蒼，天地相連，黃沙撲面。
輪臺九月的狂風，在夜間怒吼咆哮，
車爾成河斗大的石頭，
隨風滿地地狂暴滾動亂吹亂走。

匈奴的大軍趁草黃馬肥大舉進攻，
唐朝的軍隊報警的烽煙和匈奴鐵騎捲起的塵土，一

起飛揚，

唐朝的大將封常清出師西征。

大將軍穿著金屬甲冑，在夜裡也不脫掉，

半夜大軍行軍兵戈互相碰撞，

狂風像刀一樣割傷將士們的臉面。

戰馬在寒風中奔馳，蒸騰的汗水，凝結成冰，

在帳幕中，草擬軍書，硯水也凍結。

胡軍聽到唐軍的勇武無敵，應該嚇破膽，

想像得到匈奴大軍不敢與唐軍短兵相接，

在車師的都護府西門等著唐軍凱旋歸來。

賞析：

這是詩人送封常清出征西域的一首邊塞詩。

首句寫軍隊出征穿進戈壁沙漠，黃沙蔽天，風捲沙飛，狂風飛沙、猛烈的風沙景色，描寫絕域的自然景光，令人感受行軍的艱苦，這是白天行軍。句句用韻，三句押寒韻。「君不見」，起句豪邁，三句充滿節奏感，音樂美。

接著三句也是句句用韻，轉「又」韻，即「吼」、「斗」、「走」，寫的是夜間行軍，首句暗寫風，這裡明言「風夜吼」，寫的是風強，斗大的石頭也被吹捲得亂飛亂走，狂暴惡劣的氣候，可想而知。

接著三句導入正題，寫自然環境險惡，但是匈奴入侵，唐軍迎戰，飛沙走石，唐朝將士不畏艱難，出師西征，捍衛國土。為後文，詩人讚美將士的無畏無懼的雄壯精神，做一伏筆。「肥」、「飛」、「師」，押微韻。

接著寫夜間行軍，將士們的艱苦卓絕。邊地嚴寒軍容整肅。「風頭如刀面如割」，不僅呼應前文「風」的描寫，也真切地表現大漠行軍的艱苦。這一段，非常形象地表現將士的不畏風寒。

然後又形象化地描寫將士們迎風傲雪的豪情。天寒地凍，但是將士們鬥志高昂，正草檄軍書，不畏艱險的豪情壯志，很自然地表現出來。

最後，順理成章地歌咏班師告捷的盼望也是祝福。

全詩悲壯豪邁，奇而壯，詩人巧妙的反襯手法，誇張自然環境的惡劣與險絕，突顯唐軍將士不畏艱險，令人折服與動容。

五、高適

生於七〇一年，卒於七六五年，享年六十四歲。字達夫，滄州（今河北省）人。唐邊塞詩人，與岑參並稱「高岑」。其詩悲壯而厚，直抒胸臆，不尚雕飾，氣勢奔放。與李白、杜甫結交，世稱「高常侍」，有《高常侍集》、《中興間氣集》傳世。

底下選兩首代表作，作翻譯、賞析。

1. 燕歌行

詩曰：

漢家烟塵在東北，
漢將辭家破殘賊。
男兒本自重橫行，
天子非常賜顏色。
摐金伐鼓下榆關，
旌旆逶迤碣石間。
校尉羽書飛瀚海，
單于獵火照狼山。
山川蕭條極邊土，
胡騎憑陵雜風雨。
戰士軍前半死生，
美人帳下猶歌舞。
大漠窮秋塞草腓，
孤城落日鬥兵稀。
身當恩遇恆輕敵，
力盡關山未解圍。

鐵衣遠戍辛勤久，

玉箸應啼別離後。
少婦城南欲斷腸，
征人薊北空回首。
邊庭飄飄那可度，
絕域蒼茫更何有。
殺氣三時作陣雲，
寒聲一夜傳刁斗。

相看白刃血紛紛，
死節從來豈顧勛。
君不見沙場征戰苦，
至今猶憶李將軍。

翻譯：

戰爭的烽火在東北邊升起，
將士們辭別家鄉去征划凶頑的殘賊。
大丈夫本來就應該有橫闖敵軍的膽量，
更何況皇帝又格外賜下恩賞。
鳴鑼擊鼓浩浩蕩蕩地出兵山海關，
軍隊的旗幟連綿不斷直到河北山間。
兵尉將緊急的軍書送過大沙漠，
匈奴大軍征獵的戰火映照寧夏狼山。

山河蕭條廣漠直到邊境的盡頭，
匈奴的兵馬縱橫排戛、來勢像急風暴雨。
兵士們浴血奮戰死傷的大約有一半，
而將軍卻在軍帳中，聆賞美人的輕歌曼舞。
深秋大沙漠上的草木多枯萎了，
落日下孤城中的戰鬥的兵士越來越稀少。
邊將身受皇恩卻輕敵誤國，
士卒們奮力苦戰仍難解關山之圍。

穿著甲胄的兵士在邊地長久地辛勤戍守，
家中親人想念得痛苦淚流。
年輕的少婦住在城南悲苦思夫，痛斷肝腸，
守邊的征夫在燕北空自遙望家鄉，只有無奈嘆息。
邊疆的戰爭形勢動盪，哪裏可以度量忖測的，
在這孤絕的邊塞除了蒼茫荒涼，又有什麼？
早中晚三時的騰騰殺氣，化作陣雲，
整夜只聽到悲涼的刁斗聲。

與敵人短兵相接，血紛紛沾在白刃上，
為國捐軀那裏顧得個人的功勳？
你沒有看到沙場上戰爭的殘酷苦楚，
到如今大家還念念不忘漢朝的李廣將軍。

賞析：

這首燕歌行是樂府古題，由序文知道是作者高適，在開元二十六年，遇到隨張守珪出塞而回的人，作了「燕歌行」，有感而發的唱和詩。

詩的主旨在譴責皇帝鼓勵下的將領驕傲輕敵、不恤士卒，而導致戰爭失敗、兵士受到極大的痛苦和犧牲。對將領是責備的，對兵士是同情的。

全詩共二十八句，為七言歌行。擅用律句，音韻協美，具節奏感，音樂性很強，是唐朝邊塞詩中的傑作。

詩分四段，很緊湊地描寫了一次完整的戰役，每一段都連結得相當緜密。第一段八句寫出師的壯容。第二段八句，寫將軍輕敵、戰敗被圍。第三段八句，寫兵士的苦和思婦的痛，戰爭的殘酷肅殺之氣。第四段用四句結尾，提出關愛兵士的漢朝大將李廣，來收束全篇，令人更生感動、回味無窮。

詩一開始就指明戰爭的方位和性質，表現指陳時事、有感而發的動機。接著從辭家、去國、到榆關、碣石、瀚海、狼山，一系列地層層推進，表現征戰的全部實況和緊張的氛圍。

第二段寫戰鬪危急而失利。首先描寫敵軍殺划得天昏地暗，而將軍卻在尋歡作樂，作了一個強而有力的諷刺。接著寫力竭兵稀、重圍難解、孤城蒼日、衰草連天的邊塞陰慘景色，烘托出殘兵敗卒悲涼的心境。

第三段寫兵士的痛苦。用兵士和思婦的思念與無奈作對比，最後，唯有「殺氣」與「寒聲」伴戍夫，將戍守邊塞的苦，推到極點，深化了主題。

最後四句，淋漓悲壯、感慨無窮，很簡括也形象化地收束全篇。以李廣足篇，氣士更見雄渾。

讀了此詩，與岑參的邊塞詩，有了極鮮明的對比，各見巧妙、各見其工。筆力的蒼茫悲壯，燕歌行略勝一籌。想像、瑰奇，則岑參獨霸。

2. 塞上聽吹笛

詩曰：

雪淨胡天牧馬還，
月明羌笛戍樓間。
借問梅花何處落，
風吹一夜滿關山。

翻譯：

胡天北地冰雪消融，是牧馬的時節，
清明的月色下，不知那座戍樓傳出羌笛聲。
借問江南的梅花飄落何處？
風傳笛聲，梅花落的曲調，一夜之間聲滿關山。

賞析：

這是一首描寫在邊塞聽羌笛聲的詩。詩中最後一句「風吹一夜滿關山」，與李白，〈春夜洛城聞笛〉：「誰家玉笛暗飛聲，散入春風滿洛城。」有異曲同工之妙。

首兩句實寫北方開朗壯闊的景象。第一句用「淨」字描寫胡天北地的雪化了，一片明淨中，戰士趕著馬群歸來；一片和穆寧馨。這在邊塞詩中是不可多見的。

接著第二句，寫明月清輝下，羌笛聲由戍樓間，傳送開來。由視覺的靜態美，轉而為聽覺的動感。

第三句虛寫情。借用「梅花落」的曲調，嵌入「何處」兩字，虛寫戰士思鄉之情。但是末句承接壯闊、豪情萬丈，化解鄉愁的傷懷之感，表現盛唐泱泱大度的風骨氣象。也使得聽笛，充滿樂觀開朗的情懷，詩人的豪邁壯闊，由此詩中見出。

這在邊塞詩中，真是不可多得的絕妙好詩。

六、杜牧

生於西元八〇三年，卒於西元八五二年，享年五十歲。字牧之，號樊川。京兆萬年（今陝西西安）人。時人稱「小杜」，與李商隱齊名，人稱「李杜」，因別與李白、杜甫的「大李杜」，世稱「小李杜」。為詩清逸俊爽、氣骨遒勁。又長於古文，在其〈答莊充書〉云：「為文以意為主，以氣為輔，以辭采章句為之兵衛。」行文高古奧逸。又擅長書法，有《張好好詩》手迹傳世，今存於北京故宮博物院。為人豪邁不羈，有《樊川文集》傳世。

今選其代表作兩首，作翻譯、賞析。

1. 江南春

詩曰：

千里鶯啼綠映紅，
水村山郭酒旗風。
南朝四百八十寺，
多少樓臺煙雨中。

翻譯：

千里江南黃鶯初啼、綠樹和紅花相掩映，

圍繞著溪水的村落和傍山的城郭，有酒店的旗子在春風中搖動。

五代南朝興建的許多金碧輝煌的佛寺，

有多少座樓閣亭臺，聳立在一片迷離的春雨中。

賞析：

首兩句扣著題目寫春天的江南的風光。用「千里」帶出江南的遼闊、春光明媚、鳥語花香。接著第二句描寫江南水鄉澤國、也寫山色壯闊，並且生活閑逸，一片明朗開闊的江南春景。

在寫作技巧上，第一句用視覺和聽覺來描寫。第二句由視覺和觸覺來寫。

接著第三句描寫江南的特色是佛寺眾多。由「四百八十」當時的口語，數目字的運用來敘述，見出自然平易的生活體會，也表現歷史的沉積，時間的綿亙，如果說前兩句是橫的描寫，這一句就是縱的敘述。

在古今、時空、交錯中，末句又回到題目上，寫江南春雨的迷離，用「樓臺」，不使第三句的佛寺顯得轉的突兀，也因為末句的變化，由明朗的春景又帶出迷離的色調，增添了詩的豐富、深邃性。

這首詩既有寫實的「紅綠」相襯的繪畫美，又有山水、城郭、鶯啼、旗飄、風動的動靜美，已經給人江南春景，美不勝收的感受。而在此中，又帶出歷史、佛寺的感慨，更豐富、深刻地突顯詩人清俊、風骨勃發的風格。

這是一首成功的寫景詩，讀來令人迴思不已，別有韻致。

2.山行

詩曰：

遠上寒山石徑斜，
白雲深處有人家。
停車坐愛楓林晚，
霜葉紅於二月花。

翻譯：

想像綿長的高山寒冷徹骨，沿著山石路往上爬，才知道山徑彎彎斜斜並不陡峭，
在那聳入雲霄的山嶺，深秘深處依然有人居住。
突然看到黃昏下的楓紅，使人喜愛極了，停下車來，坐下來欣賞，
大紅的楓葉比江南二月的花兒更紅呢？

賞析：

此詩寫詩人行步秋山，所見的山林秋色圖景。首句寫山、寫山路。寫彎曲小路蜿蜒伸向山嶺。用一「遠」字，寫山路綿長，用一「斜」字與「上」呼應，寫山勢高而緩。是爬山漫步，所以用「上」，秋涼所以用「寒」形容，山徑是碎石鋪的小路，所以用「石徑」，山路彎彎曲曲，所以用「斜」。

次句寫雲、寫人家。白雲繚繞的山嶺，雲山很高，故下一「深」字，在白雲深處的山嶺，有人居住呢？初以為深山寒冷，此處卻現人情。在如此華美的深山中行走，卻看到楓葉森森，在秋夜黃昏時，詩人驚喜這一片楓紅遍野的秋色，不自覺的停下車來。表明詩人「愛」此山中秋景，為末句伏筆。

末句回應前文，山行之所以令詩人動容，在於楓紅比江南二月的春天美景，還要美。白居易，〈江南好〉：「江南好，江南好，風景舊曾諳，日出江花紅勝火，春來江水綠如藍。」

一詩一詞對照，相映成趣，也顯出詩人獨具慧眼，獨愛秋景的別具一格的風範。

七、李商隱

生於西元八一二年，卒於西元八五八年，享年四十七歲。字義山，號玉谿生。滎陽（今河南）人。與杜牧合稱「小李杜」，與溫庭筠合稱「溫李」。晚唐唯美、唯情文學健將，為詩自傷生平，好典故、象徵、比興手法，詞藻華麗、淒美，擅於描寫和表現細微的感情。有詩《李義山詩集》或稱《玉谿生詩集》傳世，今存詩作五百餘首。

今選其代表作兩首，作翻譯、賞析。

1. 無題六首其一

詩曰：

昨夜星辰昨夜風，
畫樓西畔桂堂東。
身無彩鳳雙飛翼，
心有靈犀一點通。
隔座送鉤春酒暖，
分曹射覆蠟燈紅。
嗟余聽鼓應官去，
走馬蘭臺類轉蓬。

翻譯：

昨夜在星光下，在微風中，
你我在彫畫的樓閣西邊、桂香四溢的廳堂東邊相會。
我身上現在雖然沒有像彩鳳的雙翼，能飛到你身邊，
但是我倆的心中卻有像靈異的犀牛角中的白線，彼此心靈相通。
昨夜你隔著坐位送給我鉤子，那春酒是多麼溫暖，
大家分隊猜謎，蠟燭的紅光搖動不已。
可嘆在歡聚中，聽到更鼓響，我不得不趕著去上

朝，

騎馬到秘書省上朝，日子像飄蕩無根的蓬草。

賞析：

這是一首膾炙人口的情詩。寫詩人向情人追述昨夜的聚會。

首句點明相會時的夜景風光。星光下，微風輕拂。次句敘述相會的地點，即畫樓的西畔，桂堂的東邊。

第三句、四句寫兩人雖然分開，可是情意卻是相通的。這裏用了典故，第三句化用「比翼雙飛」的成語，翻新為「身無綵鳳雙飛翼」，說明分離，無法接近。第四句用〈抱朴子〉：「通天犀角，有白理如線，置犀粟中，雞見輒驚。」典，化用為「心有靈犀一點通」，奇思妙想。「身」與「心」對，「無」與「有」對。

第五句、第六句寫昨夜聚會的情景。「送鉤」是聚會行酒令的遊戲。「射覆」也是一種飲宴聚會時玩的遊戲。此兩句寫酒會場面熱鬧，用「春酒暖」、「蠟燈紅」，烘托聚會的溫柔融洽的情景。

末兩句寫分離，是情非得已，自己身不由己的無奈。令人迴思扼腕。「蘭臺」是秘書省，職掌圖籍文件。「轉蓬」用蓬草隨風飄轉，比喻身不由己。

整首詩用辭清麗華艷，用情奇巧動人，比興手法妙絕。「心有靈犀一點通」成為傳誦千古的名句。

2. 無題六首其四

詩曰：

相見時難別亦難，
東風無力百花殘。
春蠶到死絲方盡，
蠟炬成灰淚始乾。
曉鏡但愁雲鬢改，
夜吟應覺月光寒。
蓬山此去無多路，
青鳥殷勤為探看。

翻譯：

我倆要相見是那樣困難，相見後要分開，更是痛苦萬分，
我倆的情愛像東風無力吹拂，百花凋殘。
我對你的愛，像春天的蠶兒化成蛹，才會吐盡絲，我的情才會止，又像蠟燭，要燃燒到燭蕊化成灰了，蠟油才乾。
我想你在早晨對鏡理粧時，會擔心烏黑的秀髮變了顏色，

夜晚吟詩時，也會覺得明亮的月光很寒冷。
你住的地方像蓬萊仙島，我想去卻遙不可及，
我希望化作西王母的使者——青鳥，殷勤地去探望你。

賞析：

這是一首愛情詩。首句化用曹丕，〈燕歌行〉：「別日何易會日難」句。更進一步說出，情人要相見、要分離，都很難。「相見難」是機會難得，是由於客觀環境的限制。「別亦難」是不忍分離，是個人主觀的感覺。這一句是寫相見時的情話，很難得相見了，卻又要分別。

第二句寫兩人分離時的情景。用「東風無力」和「百花殘」烘托分離的無奈和傷情。首句寫情，這一句寫景，借景托情。借明寫傷春實則暗喻傷別。

第三句、第四句寫對愛情的執著。第三句襲用民歌〈作蠶絲〉：「春蠶不應老，晝夜常懷絲，何惜微軀盡，纏綿自有時。」之意。第四句化用前人以「蠟燭」比喻相思之詩句，如王融：「思君如明蠋」，陳叔達：「思君如夜蠋」。

第五句、第六句寫分離後的想望和對情人的懸想。也化用前人詩句，如：吳均：「綠鬢愁中改」，李白：

「不知明鏡裡，何處得秋霜。」由第五句而聯想情人夜間愁思不眠引出第六句「夜吟應覺月光寒」。這兩句表達詩人思念對方之情，細緻入微。第六句與杜甫，〈月夜〉：「清輝玉臂寒」句有異曲同工之妙。

最後兩句用典，寫自己的企盼。《史記・秦始皇本紀》：「海中有三神山：曰蓬萊、方丈、瀛洲，仙人居之。」「青鳥」是神話中為西王母所飼養，專門傳遞信息的神鳥。

這首詩用典故、民歌、神話、前人詩句創作，自然生動、不露痕迹。使含蘊的詩意，格外豐富。「春蠶到死絲方盡，蠟炬成灰淚始乾。」為千古名句，為後人傳誦。是六首無題詩中的傑作。

八、溫庭筠

生於八一二年，卒於八七〇年，享年五十八歲。字飛卿，太原（今山西）人。晚唐著名詩人，也是花間集詞家中的首選。與李商隱並稱「溫李」。詞風濃綺艷麗、才思亦然、詞作情致含蘊、遣辭穠麗婉曲、精妙絕人、多為綺怨之作。今存三百餘首。

今選代表作五首，作翻譯、賞析。

1. 菩薩蠻

詞曰：

小山重疊金明滅，鬢雲欲度香腮雪。懶起畫蛾眉；弄妝梳洗遲。
照花前後鏡，花面交相映。新帖繡羅襦，雙雙金鷓鴣。

翻譯：

顰蹙蛾眉梳妝，日光照映不定，如雲的烏黑秀髮欲垂蓋過雪白的香腮。慵懶地起身畫眉，整妝，梳洗，動作是細緻精妙的慢慢來。

梳洗弄妝完畢，拿鏡子前後對照，如花的面容與簪花互相照映。拿起女紅刺繡，新的花帖，花樣是一對描金的鷓鴣鳥。

賞析：

這一首詞只就女子梳妝一事，加以鋪寫，表現詞體表情艷麗的本來面目。奠定後代詞家製詞的典範，是花間詞家中的代表作，穠麗精工，與清麗的韋莊詞媲美。

第一句寫早起畫眉，小山是眉，晚唐五代盛行的眉妝名目。「重」有疊的意思，眉重疊即蹙眉。「金」指日光，「明滅」，閃爍不定。

第二句眉既是用山來比喻，此句就用「雲」來比喻鬢髮，「欲度」是細細理妝的意思，一個「度」是詞眼，呼應末字形容梳妝的「遲」。第四句。梳妝用「弄」字，表現手活動的靈巧。再用「雪」比喻「腮」，用「香」形容「腮」，都是遣辭的描寫技巧，「山」、「金」、「雲」、「雪」構成一幅動人的春曉畫圖，為梳妝做了鋪墊，十分別緻。

下半片，「花」指髮飾——簪花，「繡羅襦」的「繡」字除了表現刺繡女紅的意思之外，也有華麗字面的意思，最後一句「雙雙」疊字，表一對「金」鷓鴣的「金」也有表意和形容的意思。而女子刺繡，看到雙雙金鷓鴣，不禁有所感觸。也是詞人欲表達的情思。

2. 菩薩蠻

詞曰：

玉樓明月長相憶，柳絲裊娜春無力。門外草萋萋，送君聞馬嘶。
畫羅金翡翠，香燭銷成淚。花落子規啼，綠窗殘夢迷。

翻譯：

自己在玉樓，明亮的月色下，深深地思念你，

別柳絲絲裊裊娜娜，春風是那樣無力。

樓門外青草萋萋，

想到送你別去時，聽到的馬兒啼叫的聲音。

回到玉樓內，看著畫著成對的金翡翠的帷帳，

一點一滴燃燒將盡的香燭的燭油，像相思的眼淚。

春天的花兒凋落了，杜鵑鳥悲悲戚戚的啼叫。

綠色的窗戶內，有思念你的殘夢，迷茫無歸。

賞析：

這是一首描寫女子與情人分別後思念情人的詞。精豔絕人。

第一句用「明月」表現借月抒情的情懷。呼應「長相憶」，替這一首詞添加感人的力量，也讓讀者想起歷來的借月懷人詩詞，豐富詞意。「玉樓」是女子的住處，也是和情人聚會廝守之處。

第二句點時間，承上一句點昨宵的相會，今日的離別。「柳絲無力」是指暮春時節。也可以象徵女子因思念情人，無心思、無意緒，如柳絲無力般的柔弱嬌憨。而柳也有離別的象徵，借柳來寫離情，給人深刻的印象。

第三句、第四句是女子的回想，有聲有色。第三句寫春草萋萋，出自《楚辭．招隱士》：「王孫游兮不歸、春草生兮萋萋。」有離別的意思，白居易，〈賦得古原草送別〉：「又送王孫去，萋萋滿別情。」也是此意，這一句是視覺的意象。

第四句寫耳中所聞，是聽覺的意象。「送君聞馬嘶」，馬嘶表情人要離去，所以回想起來，更加重離別的愁緒。《西廂記》也用了柳絲、馬嘶來點染離情。即：「柳絲長玉驄難繫」，與溫詞有異曲同工之妙。

下片寫女子回到樓中之所見所思。著力描寫觸景傷情的離愁別緒，第一句「畫羅金翡翠」寫看到昨夜歡會的羅帷內已空無人，只有映入眼簾刺畫之成雙成對的翡翠鳥，比翼雙飛。對比出女子的孤單寂寞。

第二句「香燭銷成淚」，以燭油比喻相思的淚水。是女子將自己的愁思移到蠟燭上的蠋油，「銷」指蠋油一點一滴地流下，象徵女子因思念、不由自主的掉淚。杜牧，〈贈別〉：「蠟燭有心還惜別，替人垂淚到天明。」也是這個意思。

接著轉到窗外，呼應上片的樓外送別。窗外杜鵑鳥正啼叫，而花兒也凋落，一片暮春的情景。用落花、杜鵑鳥啼，無不在渲染離別的哀傷。

最後用「綠窗殘夢迷」結束全篇，引起人淒迷的懷思。「綠窗」象徵安謐寧靜。「殘夢迷」相思相念只如留下的殘缺之夢，而夢耶、思耶、已渺然不知。留給人遐思片片。

這一首詞，表現溫庭筠詞風的本色，堪稱言情詩詞中的傑作。

3. 更漏子

詞曰：

柳絲長，春雨細，花外漏聲迢遞。驚塞雁，
起城烏，畫屏金鷓鴣。
香霧薄，透簾幕，惆悵謝家池閣。紅燭背，
綉簾垂，夢長君不知。

翻譯：

長長的柳絲，
細細的春雨，
春花外傳來點點更漏聲，悠長而遙遠。
更漏聲驚起塞雁鳴叫，
驚起城烏鳴唱，
獨自望著屏風上畫的成雙成對描金的鷓鴣鳥。

薄薄的香霧，

滲透帷帳，

籠罩整個居所，面對著園池樓閣，一片惆帳。

背著紅燭，

垂下刺繡的簾幕，

想借夢思君，相思很深長，情人卻不知曉。

賞析：

這是一首描寫女子長夜聞更漏聲而觸發的相思與惆帳。

上片全部圍繞更漏聲來寫。首三句以柳絲之長與春雨之細來烘托漏聲的細長。春夜中，霏霏細雨下，悠悠的柳絲飄拂，花外傳來點點悠遠緜長的更漏聲。純寫景，也借景寓情。「柳絲長」是視覺形象，「春雨細」是聽覺形象。這三句的氛圍是輕柔、纖細、深永而又帶點迷惘的情調。柳絲、雨絲之於情思，漏聲之於心聲，渾然莫辨。

接著寫雨夜漏聲中，傳來塞雁、城烏的鳴叫聲，彷彿是被更漏聲驚起。在不寐與相思中，看到屏風上畫的金鷓鴣，有盼望與情人再相聚之情。為下文伏筆。

下片描寫女子所居處的環境。「謝家」指女子所居之處。用霏微輕淡的香霧，籠罩著這麼華美的池閣，透入層層簾幕來形容環境的美好，也襯托相思不寐的女子的惆悵、孤寂。「惆悵」是全詞的點睛之筆。

結尾三句寫女子在惆悵索寞中黯然入夢。長夜相思，寂寥惆悵，意緒索寞不得不背對紅燭，綉簾低垂，借夢抒情。用「君不知」表女子在怨悵中，含無限低迴之意，令人感到特別蘊藉深厚。綺豔含蓄。

4. 更漏子

詞曰：

玉爐香，紅蠟淚，偏照畫堂秋思。眉翠薄，
鬢雲殘，夜長衾枕寒。
梧桐樹，三更雨，不道離情正苦。一葉葉，
一聲聲，空階滴到明。

翻譯：

玉爐香煙繚繞，
紅色的蠟燭蠋油一點一滴，像相思的眼淚。
蠋光斜照畫堂，在秋夜，引起無邊的相思。
眉黛褪色了，如雲的秀髮也殘亂了。
夜很深長被褥枕頭也是寒冷的。

堂外的梧桐樹，
三更的夜雨，
雨聲彷彿正在低訴正苦苦相思的離情。

雨打梧桐樹葉，
一聲聲的雨聲，
打在空曠的石階上，點點滴滴到天明。

賞析：

這是一首描寫秋寒夜雨下，從夜晚到天明女子相思情人的詞。

首兩句視覺的意象，寫香爐內香煙繚繞，給人一片迷濛的氛圍，在這樣的室內景觀下，紅蠟燭的蠋油一點一滴地燃燒，象徵女子因相思而流下的眼淚。用「玉」字，表現爐之精美與色澤。用「紅」字，表現艷麗而撩人情思。用「淚」字，表現女子在閨中的情思與寂寞。「畫堂」寫居室之美，與「玉爐」、「紅蠟」相映襯。承上啟下，說紅蠟所映照的是畫堂中人的「秋思」。「秋思」是一種感懷，如何能照？詞人卻用「偏照」表示非照不可。於是人的感情與華美的居室與陳設即巧妙地聯繫在一起。詞人在開場三句，逐步將景入情。

接著描寫女子，以翠黛描美，見眉之美；言女子美髮如雲，見女子之美。但卻用「薄」、「殘」形容，「薄」寫眉黛褪色，「殘」寫「鬢雲」已亂。點出女子因相思而輾轉難眠與苦悶，與下片呼應。接著強調深夜相思的孤寒，結束上片，詞人用「夜長衾枕寒」來比喻，點時間是深深長夜，長夜漫漫，愁思的女子更覺秋寒。

下片由室內轉到室外，寫女子在室內所聽到的雨聲，一直到天明。

秋夜三更冷雨，點點滴在梧桐樹上，用聽覺的意象，具體地描寫雨聲，即「一葉葉」、「一聲聲」呼應「梧桐樹」，一直滴到天明，還沒休止。故言「空階滴到明」象徵、比喻。與李清照，〈聲聲慢〉：「梧桐更兼細雨，到黃昏點點滴滴，這次第，怎一個愁字了得。」有異曲同工之妙，可見李學溫詞之痕迹。

這一首詞文字直述，但意境卻含蓄雋永，上片用詞也精美，不脫花間本色，可見溫庭筠被譽為唐人詞中的首魁，花間的首選，一點兒也不過份。

5. 望江南

詞曰：

梳洗罷，獨倚望江樓。過盡千帆皆不是，
斜暉脈脈水悠悠，腸斷白蘋洲。

翻譯：

梳妝打扮完了，
獨自倚在樓頭，眺望江水，盼望情人歸來。

但是千萬隻帆船都過了，卻都不是情人來坐的，

夕陽西下，落日餘輝，就像我脈脈思念你，而江水依然悠悠緜長地流著，

只有我思念著你，想著與你分離的白蘋洲邊傷心腸斷的情景。

賞析：

這是一首思念情人的閨怨詞。

首兩句描寫思婦的形象和動態。第一句直述女子精心打扮，象徵盼望情人歸來之情思。第二句寫盼望，用一「獨」字，表現思婦的孤單，用一「望」字，實寫女子心中的盼望。

接著描寫大自然的景象。所望的江流，有無以數計的帆船經過，但卻不是盼望歸來的情人所乘的船。用「千」與「獨」相映襯，更見思婦的寂寥。「斜暉脈脈水悠悠」，則情景交融、化江水、帆船與落日有情，這是擬人化的手法，化用了詩經、脈脈含情的詩意。

最後，點出思婦的盼望、心傷與惆悵。用「腸斷」描寫思婦相思之情的深刻，化用南朝樂府的「腸斷九迴腸」之意，在白描中，更見雋永、餘音無盡。「白蘋洲」是分離之地，也是情傷之處。

這一首詞用語精煉、含蓄而餘意不盡、也用了擬人

化的手法，將情入景，在疏淡的敘述中，給人無限的想像，是傳誦千古的名篇，也是溫庭筠詞在華艷之外，所表現的清麗之美，開啟宋朝婉約詞的先聲。

九、李煜

生於九三七年，卒於九七八年，享年四十一歲。號重光。祖籍徐州。或稱李後主，為人仁孝，又稱南唐後主。亡國後詞更見深致，打開花間集的詞風，為宋豪放詞開出先聲。前期詞詞風綺麗柔靡、不脫花間本色，後期詞淒涼悲壯、意境深遠。王國維，《人間詞話》：「溫飛卿之詞句秀也，韋端己之詞，骨秀也，李重光之詞，神秀也。」又曰:「詞至李後主而眼界始大，感慨遂深。」我們可以說，李後主後期詞，擺脫花間的浮靡、不假彫飾、語言明快，形象生動、性格鮮明、用情真摯。世稱「詞聖」，也被稱為「詞中之帝」。今存四十餘首詞作。

今選其代表作三首，作翻譯、賞析。

1. 虞美人

詞曰：

春花秋月何時了，往事知多少？小樓昨夜又東風，故國不堪回首月明中。
雕欄玉砌應猶在，祇是朱顏改。問君能有幾多愁，恰似一江春水向東流。

翻譯：

春天的花，秋天的月，到何時才能了？
往事花兒與月兒又知道多少？
居住的小樓，昨天晚上又吹來陣陣春風，
我的故國南唐，想來真是不堪回首，在這明亮的月色下。
想南唐的宮殿，雕畫的欄杆、玉石修砌的樓殿，應該依舊還在，
只是住在裡面的人換了，
問蒼天、問自己能有多少愁恨？
心中的愁思，就像滿江的春水向東流去。

賞析：

這一首詞是李後主自述亡國之後的愁懷。

首句點作詞的時間，是春天的月夜。本來花兒和月色都是美好的，但在亡國的詞人眼中，卻是牽動愁腸，所以有「何時了」的反話和慨嘆，為整首詞作伏筆。

接著寫慨嘆，「往事知多少」？借情點景。然後寫為何會有感慨？因為在居處的小樓，昨夜又吹起春風，在月夜下，被勾起的往事，在南唐故國生活的一切，在被俘的詞人心中，是不堪回首的。行詞自然流暢，直抒胸臆。

下片寫遙想南唐而愁思無限，就像向東流去的春水悠悠綿長。

首句用「雕欄玉砌」、辭藻華艷，也實寫宮殿之美。「應猶在」，表現景物依舊。但是接著寫「祇是朱顏改」，那就是人事已非。回應上片的「不堪回首」，也是詞人感慨的緣由。因慨生情，這個情，卻是悲愁的，是深邃的、是無邊無盡的，於是詞人用大自然悠悠不斷的江水比擬。「問君能有幾多愁，恰似一江春水向東流。」與李白，〈將進酒〉：「與爾同銷萬古愁。」有異曲同工之妙。李後主詞的影響，可想而知。而被尊為「詞中之帝」並非浪得虛名。

2. 相見歡

詞曰：

林花謝了春紅，太匆匆。無奈朝來春雨晚來風。

胭脂淚，相留醉，幾時重？自是人生長恨水長東！

翻譯：

春林裡的花兒凋謝了，
春去了，時光太匆促。
無奈春天的紅花朝淋雨，晚被春風吹拂。
被雨淋的春紅，像無奈的人的淚珠，
淚與春紅相留醉，
幾時人與花相重？
自然是無限惆悵的人生像大江流水向東流去。

賞析：

這是詞人慨嘆人生無奈、無限惆悵的詞。自然、不假彫飾，見出宋蘇東坡文如行雲流水、自然平易的基調。也是李後主膾炙人口的詞之一。

首句言春天的紅花凋謝了，所以引起詞人的感傷，接著寫大自然的法則，花開花落，來比喻時光易逝，孔子的逝水如斯，而慨嘆花開花謝太短暫，所以直言「太匆匆」。但是大自然的法則是不變易的，所以言「無奈」，接著更深一層推進詞人的慨嘆，「林花」、「春紅」，朝淋春雨，晚受春風，故而「謝了」，所以「無奈」。詞人把詞的境界擴大了，由描寫女子的相思，擴大到對人生的感嘆。

下片用「胭脂」象徵「林花」、「春紅」，擬人化，詞人因慨嘆而掉淚，卻以花兒掉淚來比興，象徵。既然掉淚也沉醉在慨嘆中，故言人花「相留」、「醉」。既是「相留」，所以，詞人更推進一層言「幾時」、「重」？這樣一來，詞人的慨嘆是無窮、無盡的人生感慨，所以言：「自是人生長恨水長東」，用「恨」比喻感慨、惆悵，用江水向東流逝，象徵「人生」與「大自然」的不易。留下無盡的惆悵，令人慨思。這是詞人的偉大處。

3. 相見歡

詞曰：

無言獨上西樓，月如鉤。寂寞梧桐深院鎖清秋。
剪不斷，理還亂，是離愁。別是一般滋味在心頭。

翻譯：

不說話，獨自步上西邊的樓閣，

月兒一彎似鉤，是個缺月，不是滿月。

寂寞的梧桐樹在這清淡的秋天月夜，映照著被鎖在深深院落的我。

想起故國興起的愁思，剪也剪不斷，

想梳理愁緒，卻越梳理，心頭越亂，

這個愁緒，就是遠別故國的離愁。

只有我自己能體會，在心中深處。

賞析：

這是一首膾炙人口的詞。詞人寫被俘後深鎖小樓在殘月下獨自上樓，無言無語的寂寞情懷。

首句點地點，用「無」、「獨」表現詞人處境的淒涼寂寞。第二句寫景，寫時間，是秋天的殘月。第三句情景文融，用「寂寞梧桐」比喻詞人的心境，用「深院」形容寂寞，也呼應第一句的「西樓」，用「鎖」比喻被俘的情境，用「清」表現情境是清淡的氛圍。

下片寫思念故國的愁緒，用「剪不斷、理還亂、是離愁」表現的愁思與李清照的「才下眉頭，又上心頭」有異曲同工之妙。最後說這個體會只有自己才能知道，所以說：「別是一般滋味在心頭」，「一般」指大眾，「別是」是大眾不能體會的，「滋味」是用味覺的感受比興心靈的感受。

十、韋莊

生於西元八三六年，卒於西元九一〇年，享年七十五歲。字端己。杜陵（今陝西西安）人。工詩詞，詩以「秦婦吟」在當世有名，時人稱「秦婦吟秀才」。詞為花間詞人，詞風清麗，與溫庭筠並稱「溫李」。有《浣花集》、《又玄集》傳世。

我們選三首表現他詞風的詞，作翻譯、賞析。

1. 浣溪沙

詞曰：

夜夜相思更漏殘，傷心明月憑欄干，想君思我錦衾寒。
咫尺畫堂深似海，憶來惟把舊書看，幾時攜手入長安。

翻譯：

每夜每夜在殘月漏聲中，生起無限相思，
在明亮的月下，傷心的人倚著欄干。
遙想你在寒冷的繡被內，思念我。
你我咫尺天涯，人在雕畫的廳堂，思念之情，深似海。

回憶往事，只有拿起舊書讀，

什麼時候？我們再一起攜手進長安？

賞析：

這是一首吟咏傷別、離情、相思的詞。

首句寫相思之深，接著寫明月下憑欄傷別。詩人借女子的口吻鋪述。第二句反襯，詩人思念情人，反筆寫情人思念詩人。句句扣著思念之情而言，用「夜夜」表述日復一日，用「寒」表示思念的情懷之深切。

下片寫咫尺天涯，憶情人而不眠，惟有讀舊書，盼望再相聚。

第一句「咫尺」寫距離，「深似海」形容畫堂之深邃，借景抒情，實寫景，虛寫情，表現詞人相思情深。第二句寫回憶，因回憶而讀舊書，又寫借書遣懷，一用「舊」，昔日，寫往事與「憶」呼應相成，最後，宕開一筆寫希望與情人再相聚，把離情別緒轉化成樂觀，歡快而作結。

這首詞有「明月」、有「畫堂」、有「舊書」，上下片似離實續，將相思之情推到極致。用詞自然、不假雕飾，化悲而喜，更是詞人異於花間詞人之處，故評為「清麗」。

2. 浣溪沙

詞曰：

惆悵夢餘山月斜，孤燈照壁背窗紗，小樓高閣謝娘家。
暗想玉容何所似，一枝春雪凍梅花，滿身香霧簇朝霞。

翻譯：

在夢幻惆悵下，想像你在月光斜照的山嵐間，
又想像你，背著紗窗面對一盞孤燈映照的牆壁，
那是你居住的小樓高閣。
我暗自想像你的容顏如何？
你就像一枝初春寒凍的雪中梅花，
又像滿身被香霧簇擁著的清晨霞花。

賞析：

這是一首詞人描寫夢中情人的詞。

首句開筆寫夢中情人不能在現實中相見，而想像她在斜斜的月光照射下的山嵐間。第二句寫想像中的夢中情人，背對著紗窗，面對著孤燈照射的牆壁，背面美人，北宋蘇東坡詩：

（見拙作聯經出版的《詩與畫》41 ～ 43 頁）。最後寫夢中情人所在的居處是「小樓高閣」。上片以虛寫實，化情入景。

下片描寫想像的夢中情人的容顏。以「寒梅」和「朝霞」比擬。既有冰清玉潔的風姿，也有被「香霧」簇擁的，似「朝霞」般的容顏。以實寫虛，擬人化，借物寓情。

這首詞表現韋莊詞清麗的詞風，化溫庭筠詞的穠艷和李商隱詩的象徵、比興為一爐，既平易自然又含蘊雋永。

3. 應天長

詞曰：

別來半歲音書絕，一寸離腸千萬結。難相見，易相別，又是玉樓花似雪。
暗相思，無處說，惆悵夜來煙月。想得此時情切，淚沾紅袖黦。

翻譯：

分別半年來，都沒有收到你的來信，
愁腸離緒糾結成千萬，
要相見很難，

要分離卻是那麼容易，
又是細雪如花的玉樓。
暗自相思，
無處訴說，
朦朧的月夜下，獨自惆悵，
思念你在此時情深景切，
眼淚沾濕了，紅色的袖口，變了顏色。

賞析：

這是詞人與情人分別後的相思詞。

上片描寫詞人與情人分別半年，音訊全無，離情別緒的相思之情。首句點時間、點相思的緣起，分別半年言時間的長，音書全無，言思念關心之切。接著寫愁腸百結，用「一」與「千萬」相對應，寫詞人的別情有如千萬糾結的離腸，相思之深，更形感人。接著寫半年前的離別，彷彿很容易；要再相見，卻是那樣的困難。先言「難相見」，後言「易相別」點離情相思之深的原因。最後詞人用「又是玉樓花似雪」，「玉樓」是相別之地，也是情人居住的地方，「花似雪」以花比喻情人，擬人化；「似雪」寫情人如雪，冰清玉潔；也寫相思的時間。

下片寫相思之深切。第一、二句寫相思之情，無處可述，因而在如煙的月夜下，詞人「惆悵」。接著直接述說相思情切，不由得雙眼垂淚，沾污了紅色的衣被。用「淚」對「紅袖」，見典麗，也表現詞人想像情人和自己一樣相思迴環，垂淚不眠。可見詞人的構思深微，筆致錯落、生動感人。

十一、蘇東坡

生於一〇三七年，卒於一一〇一年，享年六十四歲。字子瞻，號東坡居士，眉州眉山（今四川）人。北宋大文豪，詩、詞、賦、古文成就極高，善書、畫，古文八大家之一，與歐陽修並稱「歐蘇」，詩與黃庭堅並稱「蘇黃」，與陸游並稱「蘇陸」，詞與辛棄疾並稱「蘇辛」，書法為北宋四大家之一，畫為文人畫的關鍵人物，開創詞的範圍，為豪放派之開山祖，古文有「韓潮蘇海」之稱，與父洵，弟轍並稱三蘇。有《東坡全集》、《東坡樂府》傳世，今存詩二千七百多首，詞三百多首。

今選其代表作十首作翻譯、賞析。

1. 水龍吟

次韻章質夫楊花詞

詞曰：

似花還似非花，也無人惜從教墜。拋家傍路，思量卻是，無情有思。縈損柔腸，睏酣嬌眼，欲開還閉。夢隨風萬里。尋郎去處，又還被、鶯呼起。

不恨此花飛盡，恨西園、落紅難綴。曉來雨過，遺蹤何在，一池萍碎。春色三分，二分塵土，一分流水。細看來，不是楊花點點，是離人淚。

翻譯：

似是花朵，又不是花朵，
也沒人憐惜，你的凋落，
你將家園拋捨，
仔細揣摹，
你似是無情，實則情深如火。
你柔腸九曲萬折，
酣夢裡，你嬌眼欲開卻還閉著。
夢魂隨著風兒，千里萬里，

尋找情人的下落，
春夢高臥，又突然，
被黃鶯兒啼破。
不恨楊花飄落盡，
只恨西園，
落花難再上枝幹。
清晨醒來，雨剛下過，
何處去尋飄落的楊花？
早化入池塘，浮萍破碎。
春色如有三分，
二分化作塵土，
一分化為流水。
再仔細看楊花，
不是點點的楊花，
分明已經化為點點滴滴，離人的眼淚。

賞析：

這是一首咏楊花的咏物詩，是次韻章質夫而作的。但是蘇作比原作纏綿悱惻，比楊質夫更勝一籌，令世人瞠目。

這首詞蘇東坡不照實物如實吟咏，而是寫楊花的意趣與神韻。整首寫來，時而寫花、時而寫人，寫花時又是寫人，寫人時又未離寫花的不離不即的神妙境界。清人黃蘇，《蓼園詞選》評析云：「首四句是寫楊花形態，『縈損』以下六句，是寫望楊花之人之情緒。二闋用議論，情景交融，筆墨入化，有神無迹矣。」這一首詞嚴格說來，是寫楊花飄落之情狀與望花人的幽思。以感情入物象的擬人化手法取勝於章質夫的原作，英・湖畔詩人華滋華斯云：「詩是情感給予動作和情節以重要性，而不是動作和情節給予情感以重要性。」蘇東坡這首詞正是以情感驅動動作和情節的，這是蘇東坡的高明處。

首句「似花還似非花」，已定全篇的宗旨，「似花」即扣題咏物，「還似非花」即表達詞人的情感以擬人化寫物象（楊花）。故帶來不凡的氣勢，為全詞打開敘述、舖排的伏筆。既「不外於物（楊花）」，又「不滯於物（楊花）」。又顯現物象（楊花）的特性。成語「水性楊花」，蘇東坡以其隨風飄落比擬，給予楊花以獨特的個性，非一般人的識見可比。

接著以「也無人惜從教墜」承首句，表現詞人對物象（楊花）的憐惜。第三句、第四句、第五句，「拋家傍路，思量卻是，無情有思」，承上「墜」字，寫楊花離枝墜地，飄落飛飛，為下文「夢隨風萬里」伏筆。

接著三句緊承「有思」，把楊花擬人化為思婦的形象，寫相思柔腸迴繞，春夢纏繞，嬌眼睏極難開，明寫思婦，實則暗賦楊花。

上片最後「夢隨」四句，妙筆天成，將花、人合一，既寫思婦之神，又具楊花之魂。纏綿哀怨、輕靈飛動。就咏物象而言，描繪楊花那種隨風飄舞、欲起旋落，似去又還之狀，生動真切。

下片承上片「惜」字意脈，借追蹤楊花，抒發了一片惜春深情。緣物生情，以情映物，使情與物交融，而至渾化無迹的境界。

首三句寫楊花紛飛，如落紅難綴。接著寫「雨過」尋花踪，只有「一池萍碎」。接著很自然地化用前人句式，以「春色」三分，「二分塵土」，「一分流水」描述，空靈妙絕，發人奇思。最後收煞將景語賦以情語，既寫花，又寫人，與全文呼應緊扣、天衣無縫；乾淨利落、餘味無窮。真是神人之筆。

2. 水調歌頭

丙辰中秋，歡飲達旦，大醉，作此篇。兼懷子由。

詞曰：

明月幾時有？把酒問青天。不知天上宮闕，今夕是何年。我欲乘風歸去，又恐瓊樓玉宇，高處不勝寒。起舞弄清影，何似在人間。

轉朱閣，低綺戶，照無眠。不應有恨，何事長向別時圓？人有悲歡離合，月有陰晴圓缺，此事古難全。但願人長久，千里共嬋娟。

翻譯：

丙辰年的中秋，我一喝酒就喝到通宵，並在醉醺醺時，作了這首詞來懷念子由。

拿著酒杯問蒼天：「從什麼時候開始，天上才有明月？借問天上的宮殿，今晚是哪一年？」我想駕著風兒飛到天上去，只怕在那麼高的月宮裡，會冷得令人受不了，站起身跳舞，對著自己冷清孤單的影子，那裏能和人間相比。

月光轉過紅色的樓閣，低低地照著美麗的門戶，照著我這位失眠的人兒。月兒妳是不該有什麼怨恨的，為什麼偏偏在人家離別的時候才圓？世人的感情，有悲哀、有歡樂，世人的遭遇，有別離、有聚合。而月亮也有陰天和晴天，也有圓滿和缺陷，這些事，自古以來就無法圓滿的。只希望每個人都能夠長久平安，雖然相隔千里也能共同看著皎潔的月亮。

賞析：

這是一首醉後抒情，懷念兄弟子由的作品。是歷來咏中秋詞，最膾炙人口的一首。古人評這首詞是天仙化人之筆。清雄豪邁、飄逸空靈、清麗韶秀。勾勒出皓月當空、孤高曠遠的詞境。

這首詞通篇詠月，月是詞的中心形象，卻處處關合人事，表現出自然與社會契合的人生哲學特點。上片用明月自喻清高，下片用月圓襯托別離。開篇「明月幾時有」一問，排空直入，筆力奇崛。「不知天上宮闕，今夕是何年？」以下數句，筆勢夭矯迴折，跌宕多彩。「我欲乘風歸去，又恐瓊樓玉宇，高處不勝寒」幾句，將神話與人品的孤高與自己的情思揉和為一，給人無限迴環的遼闊思想空間。

下片融寫實為寫意，化景物為情思，一韻一意，一意一轉，淋漓揮灑，無往不適。「轉朱閣、低綺戶、照無眠。」寫明月照人、照物，也借無眠望月寫懷人。「不應有恨，何事長向別時圓？」寫月應超脫人的情緒，不應該有恨的，可是為何偏偏在人離別時圓呢？是作者托月懷人。最後，以月的自然現象與人事的變化融合鋪述，孕涵人生哲理。最後說：「但願人長久，千里共嬋娟」是古今中外人的心語與心願，也是名垂千古的名句。

3. 念奴嬌

赤壁懷古

詞曰：

大江東去，浪淘盡，千古風流人物。故壘西邊，人道是、三國周郎赤壁。亂石崩雲，驚濤裂岸，捲起千堆雪。江山如畫，一時多少豪傑。
遙想公瑾當年，小喬初嫁了，雄姿英發，羽扇綸巾，談笑間、檣櫓灰煙滅。故國神游，多情應笑我，早生華髮。人間如夢，一樽還酹江月。

翻譯：

浩蕩的長江水，滾滾向東奔流不息。大浪淘沙，淘盡千古多少風雲人物，多少輝煌業迹。就在那古營壘的西邊，有人告訴我，那就是當年周瑜大敗曹軍的赤壁。只見亂石穿空，有如崩裂的雲霓，巨大的波濤，拍打著岸堤，捲起千萬朵浪花如雪。江山雄偉嬌嬈如畫，畫中又有多少英雄豪傑。
遙想當年的周公瑾，迎娶了江東最漂亮的小喬，英氣勃發，雄姿嬌健，頭戴綸巾，羽扇手搖，揮灑談笑，就將敵軍強大的戰艦燒掉。而我在思念的故土神遊一遭，老朋友都笑我，白髮生得太早。人生萬事皆如夢幻，還是舉杯，用酒將那江上的明月祭奠。

賞析：

這是蘇東坡豪放詞的代表作。題目為赤壁懷古，一指地點，是空間，一指歷史，是時間。前者寫江山如畫，後者寫人物豪傑。上片詞人緊緊圍繞這兩個內容，時合時分。

這一首詞由江山而人物，由今日而歷史，由歷史而至現實，結構上大開大闔，情感上大起大落，豪放裡潛藏著感慨，清曠裡深蘊著凝重。更兼之以詞人以大布景、大空間、大時間、大字眼，跌宕起伏，確實不是婉約秀山麗水，九曲迴腸的詞人，可與同日而語的。

起句憑空發落，「大江東去，浪淘盡，千古風流人物。」言江水向東而去，本是尋常之事，自然之事，「江」冠以「大」，「東」綴以「去」，「大江東去」，遂將江水之浩蕩氣魄，一揮而出。這三句是江山人物合寫。以無垠之空間，借大江之浪淘，推出無限之時間，使千古風流人物盡上舞台。

「故壘西邊，人道是，三國周郎赤壁」。「故壘西邊」將那浩蕩無垠的「大江」，定格在一定的經緯點上，亦即題目之「赤壁」。一個「故」字，又輕輕引出題目的「懷古」。「三國」兩字，用得自然、真實、氣勢響亮，時間也表現得很準確。此句承「千古風流人物」而來，將題目「赤壁懷古」點足。

接著回到起句「大江東去」的境界，回過頭描繪江山之壯偉。「亂石崩雲，驚濤裂岸，捲起千堆雪」，先將讀者的視野引入高空，極寫亂石之高聳，再引領讀者傾聽那驚濤拍岸的巨響，炫目於腳下捲起的千萬堆浪雪。結句詞人與起首一句呼應，江人合一，總結上片：「江山如畫，一時多少豪傑。」以「一時多少豪傑」結束上片，同時也開了下片「懷古」撫今的具體內容。妙極。

下片具體寫「一時多少豪傑」的內容。將一幕幕歷史畫卷推上了銀幕，推上了舞台。「遙想」兩字，統領至「灰飛煙滅」，貫注而下，一氣呵成。對於周公瑾的描繪，詞人寫出了並列的一組意象，每個意象之間，有著不同的審美風範。「小喬初嫁了」，寫周公瑾而先寫小喬，有烘雲托月之妙，並與下面「雄姿英發」的陽剛之美相反相成，陰柔與陽剛，女性之美與英雄偉業，組合得完美無間。而「小喬」的韻事，又引人多少遐思。

「羽扇綸巾，談笑間，檣櫓灰飛煙滅。」這是第三個意象。「羽扇綸巾」寫服飾，「談笑間」寫意態，寫儒將風度，「檣櫓」句寫英雄之偉業。寫盡了時空的懷古之後，詞人回到現實，而興發感慨。「故國神遊，多情應笑我，早生筆髮」，「故國」句點題赤壁懷古，「多情」兩句，寫撫古慨今，所以，最後寫「人生如夢，一尊還酹江月。」將古今人景融和為一。留給讀者無限的想像空間。

4. 西江月

詞曰：

世事一場大夢，人生幾度新涼。夜來風葉已鳴廊，看取眉頭鬢上。
酒賤常愁客少，月明多被雲妨。中秋誰與共孤光，把盞淒然北望。

翻譯：

人世間的一切，恍如一場大夢，
一個人的一生，又有幾次賞月新涼？
晚上一到風和樹葉已在迴廊上鳴響，
月夜下，我只看取眉頭上的鬢髮。
酒薄經常擔心賓客寥落，
明亮的月色常被烏雲遮掩。

在這個中秋佳節誰和我一起欣賞，

只有我一個人孤零零地拿著酒杯，憂傷地對著北方思念國君親人。

賞析：

這是一首吟咏節序的詞，是蘇東坡在烏臺詩案後，在黃州過第一個中秋節，借景抒懷的作品。在蘇東坡詞作中，流落少有的對人事、人生的感懷。

蘇東坡是個豁達樂觀的人，但在死裏重生後，不免對人生、人事有悲愁的感慨，也表現詞人在極度哀傷中的心境。

首句「世事一場大夢」是對烏臺詩案的總括，一切的遭遇，詩人以恍如大夢一場來形容。接著承上句，寫對月望遠，以「新涼」比喻重生和淒清的境遇，借月傳情，「幾度」是感慨的詞彙，令人不勝唏噓。接著詞人在中秋明月中，只擷取秋風和落葉來描寫，極人生之傷愁於筆端，「只取眉頭鬢上」言經歷大變故後，人已蒼老。

上片寫人生、寫中秋，寓情於景。下片敘事，借景說愁。「酒賤常愁客少」，落難之人，遭遇自然冷清，令人同情。「月明多被雲妨」借月擬人，寫月也寫自己，自己如明月一般清高，卻像明月一樣會有烏雲遮掩，一言道盡己身的辛酸。最後，總結，點題，「中秋誰與共孤光，把盞淒然北望。」詞人的悲情，寫盡古今人的愁懷，所以讀來令人感動不已。

5. 臨江仙

詞曰：

夜飲東坡醒復醉，歸來彷彿三更。家僮鼻息已雷鳴，敲門都不應，倚仗聽江聲。
長恨此身非我有，何時忘卻營營？夜闌風靜穀紋平。小舟從此逝，江海寄餘生。

翻譯：

恍惚記得在東坡，醒了又醉，醉了又醒，
歸來東皐時，好像已有三更。
家僮的酣聲熟睡如雷鳴，
叩門卻全然不應，
倚著竹仗，聽江濤的聲響。
我常遺憾，我的身子並非我所有，
何時能忘卻生活中的奔走營謀？
此時夜深人靜，波濤已平，
我真想駕著一葉扁舟，從此消逝，
在江海中度過餘生。

賞析：

這首詞作於元豐五年九月，記敘詞人自東坡雪堂開懷暢飲，醉後返歸臨皐的情景。借景抒懷，表現詞人豁達恬淡與大自然合一的樂觀生活態度。

首句「夜飲東坡醒復醉」點夜飲的地點和醉酒的程度，在半醉半醒中，回到臨皐，家僮已熟睡，敲門不應，而時間「彷彿」已三更，「彷彿」傳神地刻劃出詞人醉眼矇矓的情態。這開頭兩句，寫出詞人縱飲的豪興。

接著家僮酣睡、敲門不應，於是詞人「倚仗聽江聲。」表現詞人超曠達觀的人生態度，與王維的「行到水窮處，坐看雲起時。」有異曲同工之妙。

詞的上片是極其安恬的靜美境界。超然物外。下片承上片的「倚仗聽江聲」，而有「長恨此身非我有，何時忘卻營營。」的喟歎，寓理於情。這兩句化用莊子的典故，卻用得自然無痕。因為發之至情，所以格外感人，在敘事、抒情中，蘊含人生哲理，這是詞人擴大了詞的表現範圍，即前是詞人的胸臆之作也是詞人獨到之處，所以前人說：「橫放傑出，自是曲子縛不住者。」

詞人靜夜沉思，豁然頓悟，既然自己無法掌握命運，就當全身而退。望著「夜闌縠紋平」的江景，詞人心與神、景游，不禁陶醉在大自然中。而有「小舟從此逝，江海寄餘生。」的遐想，將個體有限的自我，融化於無限的大自然中。這也是詞人動人的地方。

「小舟從此逝，江海寄餘生。」飄逸浪漫，表現詞人磊落豁達的襟懷。也表現詞人的真性情和生活理想、精神追求。元人元好問評蘇東坡詞云：「唐歌詞多宮體，又皆極力為之。自東坡一出，情性之外，不知有文字，真有：一洗萬古凡馬空的氣象。」確實道出此詞的詞人精神風貌。

6. 定風波

三月七日沙湖道中遇雨。雨具先去，同行皆狼狽，余獨不覺，已而遂晴，故作此。

詞曰：

莫聽穿林打葉聲，何妨吟嘯且徐行。竹杖芒鞋輕勝馬，誰怕？一簑煙雨任平生。
料峭春風吹酒醒，微冷，山頭斜照卻相迎。
回首向來蕭瑟處，歸去，也無風雨也無晴。

翻譯：

不要聽穿越林間的風聲，不要聽擊打樹葉的雨聲，
何不一路吟唱、信步徐行。
手執竹仗、腳穿草鞋，比騎著高頭大馬還輕鬆。
風風雨雨又有什麼可怕？

我這一生，一向是披頭簑衣，任憑它雨打煙籠。
寒冷的春風，將我的醉意吹醒，
覺得有些寒冷。
雨後的斜陽，透過山峰，迎接著我，
回過頭來，再尋那蕭瑟的風聲雨聲，
回去吧！
也沒有風雨也沒有晴朗。

賞析：

這一首詞，寫眼前景，寫心中事。因自然現象，談人生哲理。首句「莫聽穿林打葉聲」，「穿林打葉聲」是自然之景，而詞人說：「莫聽」，表現詞人的真性情，有外物不足縈懷的超曠人生態度。接著寫「何妨吟嘯且徐行」，不要聽，而自在徐行，寫盡詞人的處世態度與超曠氣度，是全詞的精神詞眼，為下句「誰怕」作伏筆。「竹杖芒鞋」寫閑逸，「輕」比喻輕巧，比什麼輕巧呢？比騎馬輕巧，馬是居官人或忙人的坐騎，詞人的閑遠自適，自然流露，所以以「一簑煙雨任平生」，結束上片。

下片「料峭春風吹酒醒，微冷，山頭斜照卻相迎」三句，寫實景，斜照相迎寫雨過天青。天晴了，詞人的心是喜悅的，所以寫下「回首向來蕭瑟處，歸去，也無風雨也無晴。」豁達情懷，躍然而出。蕭瑟：風雨聲，寫實景也象徵人生的打擊，對此，灑脫的詞人說對我來說，人生既沒有風雨打擊，也沒有盼望晴朗的寄盼。「歸去」回應上片「一簑煙雨任平生」有寄身江海的意思，亦即「小舟從此逝，江海寄餘生。」所以，既如此開懷超然，自然人生對詞人來說是無風雨、無晴喜的自適生活了。

這一首詞是蘇東坡人生態度最真切的心聲，超曠自適，令人佩服。

7. 卜算子

黃州定慧院寓居作

詞曰：

缺月挂疏桐，漏斷人初靜。誰見幽人獨往來，縹渺孤鴻影。
驚起卻回頭，有恨無人省。揀盡寒枝不肯栖，寂寞沙洲冷。

翻譯：

一輪殘缺的月，清冷地掛在稀疏的梧桐枝椏間，更漏聲，一聲聲地漸次消殘，喧囂的市聲開始安靜。
誰曾見孤獨者獨往獨來？
縹縹渺渺的空中，留下一只飛鴻的孤影。
猛然間驚起，回首顧影，

此中有恨，又有誰能了解？
選盡千萬枝寒枝，卻依然不肯栖息安身，
卻要在寂寞的沙洲上，伴著淒清、伴著寒冷。

賞析：

這是一首抒寫懷抱的詞。上片寫詞人寓居定慧院的寂靜情況。下片承上片「孤鴻」寫孤鴻的孤傲。也是詞人自喻。

首兩句寫夜深，用「缺」、「疏」、「斷」來形容極幽獨淒清的心境。下面「誰見」兩句，說只有幽人獨自往來，「幽人」指詞人自己，是主。「孤鴻」是對「幽人」的襯托，是賓。

下片將「孤鴻」擬人化，與自己合在一起，寫「孤鴻」其實也是在寫自己。用「驚」、「恨」、「寒」、「寂寞」、「冷」來表現詞人，孤寂不肯妥協的傲然風骨。黃庭堅評云：「語意高妙，似非吃煙火食人語，非胸中有萬卷書，筆下無一點塵俗氣，孰能至此。」陳廷焯評：「寓意高遠，運筆空靈，措語忠厚，是坡仙獨至處，美成、白石亦不能到也。」胡仔，《苕溪漁隱叢話前集》卷三十九云：「此詞本咏夜景，至換頭但只說鴻。正如賀新郎詞『乳燕飛華屋』，本咏夏景，至換頭但祇說榴花。蓋其文章之妙，語意到處即為之，不可限以繩墨也。」對蘇東坡此詞可以說推崇備至，都是非常允當的。

8. 江城子

密州出獵

詞曰：

老夫聊發少年狂，左牽黃，右擎蒼，錦帽貂裘，千騎捲平岡。為報傾城隨太守，親射虎，看孫郎。
酒酣胸膽尚開張，鬢微霜，又何妨。持節雲中，何日遣馮唐？會挽雕弓如滿月，西北望，射天狼。

翻譯：

老夫暫且來一次少年狂游，
左牽黃狗，
右擎蒼鷹，
錦蒙帽、貂皮裘，
千餘鐵騎，漫捲山頭，
傳語傾城百姓跟隨太守，
我要像那孫權，親自射殺猛虎野獸。
酒正酣暢、胸懷寬廣、膽氣豪壯，

鬢髮稍染白霜，
又有仿妨？
何日遣來馮唐，
手持符節到宣中宣命，
那時我當力挽勁弓如滿月，
往西北方向，
一箭射落天狼。

賞析：

這是詞人寫在密州出獵的豪情壯志的一首詞，打破溫柔婉約的傳統花間詞風，為傳統詞風打開新的一面，注入新血，開後來辛棄疾豪放詞風的先聲。

首句寫老來有少年的豪情，「少年狂」指出獵，接著四句寫出獵的場面與聲勢，「千騎捲平岡」與「狂」字相呼應。最後以孫權自喻，豪情萬丈，達到極點。

下片化豪情為為國請戰。首三句承上片，依然寫豪情四溢。接著因出獵而思報國抗敵，所以說「持節雲中，何日遣馮唐？」因為想報國抗敵，所以，最後言「會挽雕弓如滿月，西北望、射天狼。」將一己的豪情壯志，以英雄氣慨的興發，淋漓盡致的表現出來。讀來令人自生英武豪邁、氣慨非凡的豪情壯志，令人佩服。

這首詞上片寫出獵，下片寫請戰，場面熱烈，情豪志壯，大有「橫槊賦詩」的氣慨，把詞中歷來香豔軟媚的兒女情，化為報國立功、剛強壯武的英雄氣。蘇東坡以「攬轡澄清」之志，寫慷慨豪雄之詞，提高詞品，擴大詞境。為詞史上立一里程碑。

9. 江城子

乙卯正月二十日夜記夢

詞曰：

十年生死兩茫茫。不思量，自難忘。千里孤墳，無處話淒涼。縱使相逢應不識，塵滿面，鬢如霜。
夜來幽夢忽還鄉，小軒窗，正梳妝。相顧無言，惟有淚千行。料得年年腸斷處，明月夜，短松岡。

翻譯：

十年了，你死我生，相隔陰陽兩地茫茫，
不去想也不用想，
自是難以相忘。
千里外的你的孤墳，
什麼地方可以再與你共話淒涼心境。
縱使我倆能再相逢，恐怕也不會再相識相認。

因為我已經世塵滿面，
雙鬢如霜雪白。
昨夜幽夢中，我忽然在夢中回到故鄉，
小軒窗下，
看到你正在梳妝，
我倆相對相看，沒有說一句話，
只有熱淚千行。
我料想年年令人斷腸的地方，
就在那一輪明亮的月光下，
你所在的小小松岡處。

賞析：

這是一首悼亡詩，寫詞人與元配王弗的感情，情真意切，十分感人。蘇東坡是一位深情的人，由這一首詞，他對王弗的追憶可以了解。蘇東坡也是一位不喜女色的人，他一生中的三位女子，除了王弗，繼室王潤之，是王弗的堂妹，是一位賢妻良母，第三位朝雲，是王潤之為他選配侍候他貶謫生活的侍女。而蘇東坡對三位女性，最深繫的就是王弗，所以，有這一首記夢而引起情感波瀾的悼亡詩，也是傳唱千古的名作。

開頭三句，單刀直入，概括性強，感人至深。真摯樸素，沉痛感人。寫思愛夫妻，撒手永訣，時間倏忽，轉瞬十年。人雖云亡，而過去美好的情景，自難忘。寫來真實動人。接著寫「無處話淒涼」，寫得真切沉痛，也可知王弗是蘇東坡生活上的愛侶和知音，所以格外心繫。

接著寫現實中的自己，並與夢幻混同起來，結束上片。寫得深沉悲痛，表現對愛侶的深切懷念，借個人形象變化的描繪，使意義更加深一層。

下片寫記夢，點題。寫夢回故鄉，與愛侶彷彿相見依稀，但一切在夢中依舊，卻故人相見，「相顧無言，唯有淚千行。」寫得悲痛淒涼，憾人心弦。結尾三句，又由夢中回到現實，「明月夜，短松岡。」淒涼幽獨，又豈不是詞人心境的寫照。「料得年年腸斷處」，是詞人腸斷，也是詞人假設王弗在地下有知而腸斷，讀來更令人稀噓，蘊蓄有味。而此詞所以能傳唱千古，也是有原因的。

此詞詞人寫得淒清悲涼，卻絕不深入細膩的刻劃，而以「千里」、「十年」、「千行」及「明月夜，短松岡」等大字眼、大畫面、大景致來表現，從而化淒清為蒼涼，轉婉約為豪放。可以說這是一首詞人以豪放寫婉約之作。是蘇東坡第一首藝術手法至為成功的豪放與婉約結合的作品。

10. 行香子

過七里瀨

詞曰：

一葉舟輕，雙槳鴻驚。水天清，影湛波平。
魚翻藻鑒，鷺點煙汀。過沙溪急，霜溪冷，
月溪明。
重重似畫，曲曲如屏，算當年，虛老嚴陵。
君臣一夢，今古空名，但遠山長，雲山亂，
曉山青。

翻譯：

一葉小舟飛掠疾馳，
雙槳拍打起飛鴻的輕靈，
平波無浪的水面，
倒映著藍天碧樹的倒影，
魚兒在明鏡的水藻中翻舞，
白鷺在迷漾的水面上掠點，
一掠而過，沙溪清澄，
霜溪寒冷，
月溪空明。
像一幅重重疊疊的山水畫卷，
像曲曲折折的一座山水畫屏。

想當年，
那隱居不仕的嚴子陵，
與光復大漢帝國的劉秀，
都已成夢，
空留下千載萬載令人傳唱的聲名。
眼前那還有他們的蹤影？
只有那綿長的遠山，
錯亂盤曲的雲山，
青青翠翠的曉山。

賞析：

這是詞人寫自己過七里瀨時的輕快心情，上片寫水景，下片寫山；造句以兩個三字句和一個四字句組成，詞人並將四字句的首字提出總領，變成由三個三字句構成，表現出輕舟急下，景致與感受都疾速變化的情景，將藝術形式與內涵完美結合。

一起句，詞人就將讀者引領到水上舟行的靜美境界，「一葉舟輕，雙槳鴻驚。」賦舟以動感，更由靜而入動。「輕」字是一篇之眼目，以下無論是意象的變幻，或節奏之快捷，都是「輕」的感覺和表現。「鴻驚」承「雙槳」而下，寫舟行之速而驚起兩岸捿鴻，寓動於靜，以聲補寂，一片靜美。

接著寫「水天清，影湛波平。」「清」與「鷩」都是客觀物象映在主觀心靈的感受，再實寫所見之景:「魚翻藻鑒，鷺點煙汀。」「魚」水中，「鷺」天上，兩句表現一片煙水迷離之致與朦朧虛幻之美。「點」、「翻」兩字，使畫面活了起來。

「過沙溪急，霜溪冷，月溪明」節奏輕快，給人無比的喜悅之感。表現三個不同時辰的舟行之景，給人無以言喻的美感與詩意。

下片，寫山景，以「重重似畫，曲曲如屏。」總領。接著才暢意抒懷，「算當年，虛老嚴陵。」「君臣一夢，今古空名。」不管是嚴子陵或劉秀，一切都是空幻的，詞人的超曠出塵，自然見出。

最後說，大自然是常在的。「長」、「亂」、「青」，為全篇籠上一層淡淡的哀傷，表現詞人輕舟急棹之後，追古懷今的感慨。全詞將人生的感慨、歷史的沉思，融化在一片流動的閃爍、如詩如畫的水光山色之中，雋永含蓄，韻味無窮。

十二、李清照

生於一〇八四年，卒於一一五六年，號易安居士，齊州（今山東）人。是中國歷史上，最著名的女詞人。夫趙明誠。擅長白描手法，用字自然淺顯、音節和諧，詞意婉轉，具創意，鋪述細膩，詞分前後期，以南渡為界限，號稱「易安體」。今存《漱玉詞》，有詞五十餘首。

今選其代表作七首，作翻譯、賞析。

1. 如夢令

詞曰：

常記溪亭日暮，沈醉不知歸路。興盡晚回舟，誤入藕花深處。爭渡，爭渡，驚起一灘鷗鷺。

翻譯：

還記得時常出遊溪亭，一玩就玩到日黑天暮，
深深地沉醉，而忘了回家的路。
一直玩到興盡，回舟返途，
卻迷了路，進入藕花的深處。
大家爭著划，船兒搶著渡，
驚起了滿灘的鷗鷺。

賞析：

這是一首以白描手法，描寫詞人少女時代游賞的生活，宛然入畫。清新別致，詞人早期的情趣、心境如實顯出。

「常記」首兩句，起得自然和諧，娓娓道出。「常記」是追述，「溪亭」是游賞地點，「日暮」是時間。「沉醉」句寫醉得連回去的路徑都辨識不出。寫詞人游賞的歡愉，與留連忘返的情致。

接著寫「興盡」方才回舟，卻「誤入藕花深處」，與「不知歸路」相呼應，這兩句給讀者一派盛放的荷花池中，有一葉扁舟搖蕩的美景入目。然後，連著兩句「爭渡、爭渡」寫出急尋歸路的詞人心情，也由此而引出結語「驚起一灘鷗鷺。」即是說把停棲在洲渚上的水鳥都嚇飛了。

整首詞自然流暢，融情於景，給人大自然無限美好的感受。這是李清照前期詞的一幅生動、美好的人景合一的自然寫照。

2. 如夢令

詞曰：

昨夜雨疏風驟。濃睡不消殘酒。試問捲簾人，卻道海棠依舊。知否，知否？應是綠肥紅瘦。

翻譯：

昨天夜晚風急雨驟，
深深的睡夢，也未解去殘酒。
輕輕地問一聲那捲簾人，
她卻說：海棠花依舊。
唉：她那裏知道，
那裏知道，
應該是綠葉更肥，紅花殘瘦。

賞析：

這是詞人惜花愛物的心情寫照。只有短短六句，卻曲折地表現大自然與花木和詞人民胞物與的細微情感，表現手法可謂高人一等。

一開始給讀者一個背景、一個時間，是「昨夜」，風狂雨猛，吹打著屋外的海棠花，詞人借酒澆愁，又沈沈睡去，醒來，酒未消。「濃睡不消殘酒」，在這樣的場景下。詞人用對話的方式，表達詞人愛花的心情，「試問捲簾人」一片關懷卻不明言，含蓄蘊藉。然後說「捲簾人」問答她「海棠依舊」。

詞人卻有不同的看法和想法，強風猛雨下的海棠花，怎可能「依舊」？所以詞人用兩句「知否」、「知否」，強化詞人的細膩與「捲簾人」的粗枝大葉。然後說出千古名句：「應是綠肥紅瘦」，應該是綠葉肥壯，紅花消褪吧！

這一首詞千古以來，廣為人所傳誦，是易安前期詞的代表作。

3. 一剪梅

詞曰：

紅藕香殘玉簟秋，輕解羅裳，獨上蘭舟。
雲中誰寄錦書來？雁字回時，月滿西樓。
花自飄零水自流，一種相思，兩處閑愁。
此情無計可消除，纔下眉頭，卻上心頭。

翻譯：

粉紅的荷花凋謝，只殘留一縷芳香，如玉的竹席有了涼意，使人感到新秋。
換下了輕柔的夏日絲裙，
獨自登上美麗的木舟。
雲中的鴻雁可曾帶來對我的問候？
你們排成人字在雲頭，
卻空有月光灑滿西樓。
花兒凋謝、水兒在流。
同樣的相思，惹起兩處的閑愁。

這種情意，無法消抹，
才平順了眉頭，
卻又悄然上了心頭。

賞析：

詞的起句「紅藕香殘玉簟秋」，領起全篇。這一句上半句「紅藕香殘」寫戶外之景，下半句「玉簟秋」寫室內之物，對清秋節起點染作用。全句設色清麗，意象蘊藉，刻畫出四周景色，也寫出詞人情懷。

接下來五句順序寫詞人從晝到夜，一天之內所做之事、所觸之景、所生之情。前兩句「輕解羅裳，獨上蘭舟。」寫白天在水面泛舟，用一「獨」字寫處境、也寫離情。接著「雲中誰寄錦書來」則寫別後的懸念。接著以「雁字回時，月滿西樓。」構成一種目斷神迷的意境。表現詞人望斷天涯、神馳象外的情思和遐想。

下片「花自飄零水自流」承上啟下，詞意不斷，是即景，也兼比興，與上片「紅藕香殘」、「獨上蘭舟」遙相呼應，接著五句，由此而純抒情懷，直吐胸臆。

「一種相思、兩處閑愁。」寫自己相思之苦、閑愁之深而比擬到相思之人也是如此，故言「兩處」。也是上片「雲中誰寄錦書來。」的補充和引申，也是兩情的分合和深化。既是「相思」又惹「閑愁」，這樣的情懷，

「無計消除。」只有「纔下眉頭、又上心頭。」結語三句，是千古為人稱道的名句。在這裏「眉頭」與「心頭」相對應，「纔下」和「卻上」成起伏，語句結構十分工整，表現手法十分巧妙。與「一種相思，兩處閑愁。」前後映襯，相得益彰。李廷機，《草堂詩餘評林》評此詞：「語意飄逸，令人省目。」確是好評。

4. 武陵春

詞曰：

風住塵香花已盡，日晚倦梳頭。物是人非事事休，欲語淚先流。
聞說雙溪春尚好，也擬泛輕舟。祇恐雙溪舴艋舟，載不動許多愁。

翻譯：

惱人的風已經消歇，塵香花兒已經謝盡，
已是黃昏時候，我卻懶得梳頭。
風光依舊人卻不堪回首，萬事皆休，
想開口說，淚卻已先流下。
聽說雙溪的春景還不錯，
也想要泛舟解憂，
只恐怕雙溪的舴艋小舟，

載不動這許多憂愁。

賞析：

這一首詞始寫春景，次寫梳妝，再寫心情，長現出詞人後期詞作深沉憂鬱的苦悶和憂愁。

首句「風住塵香花已盡」簡煉而含蓄，表現詞人對在風吹雨打後的後半段人生，對美好事物遭受摧殘的惋惜和對己身流蕩無依的感慨。語言優美、意境深遠，含有無窮之味、不盡之意，令人一唱三歎。

接著寫「日晚倦梳頭」寫外在的動作，用梳妝摹寫意緒，一個「倦」字，表現詞人百無聊賴的無意無緒。接著寫「物是人非事事休」，睹物思人，萬事皆休，詞人無盡的哀傷和落寞，不言而喻，所以「欲語淚先流。」寫得鮮明而又深刻，給人扣人心弦的動人藝術魅力。

下片寫內心的感觸。比上片更加細膩，更加深邃。用「聞說」、「也擬」、「祇恐」作為下片起伏轉折的契機，跌宕起伏、曲折多變，一波三折，感人至深。第一句「聞說雙溪春尚好。」陡然一揚，喚起詞人的遊興，「也擬泛輕舟」，措辭明快，節奏輕鬆，在輕快之後卻有無比揮掃不盡的濃愁，卻轉而寫「只恐」以下二句，在鋪墊之後來個猛烈的跌宕，讓讀者進入詞人無比深沉的愁緒之中。留下千古的絕唱。

5. 聲聲慢

詞曰：

尋尋覓覓，冷冷清清，淒淒慘慘戚戚。乍暖還寒時候，最難將息。三杯兩盞淡酒，怎敵他曉來風急？雁過也，正傷心，卻是舊時相識。
滿地黃花堆積，憔悴損，如今有誰堪摘？守著窗兒獨自，怎生得黑！梧桐更兼細雨，到黃昏，點點滴滴。這次第，怎一個愁字了得。

翻譯：

尋也是白尋，找也是白找，尋找什麼呢？屋裡依舊冷冷清清地，越想越淒慘，越想越悲哀傷心。
在這忽冷忽熱的天氣裡，最難調養歇息。
兩三杯淡淡的酒下懷，又怎麼能夠抵擋得住晚來的強風？
鴻雁飛了過去，正是我在傷心時，細看時，卻是我的舊日相識。
菊花謝落，堆積滿地，那憔悴的容顏，有誰還會來採擷？
我獨自守著窗兒，面對這樣漫長的時光，又怎能從早捱到天黑？

更兼有，細雨敲打著梧桐葉，滴滴嗒嗒，一直到昏黃暮色。

這光景，真讓人愁腸百結，然而，

又怎能用一個「愁」字了結。

賞析：

這首詞寫秋，寫愁。

起首突兀而起，連用十四個疊字，寫出自己的尋覓、冷清和淒涼。接著寫秋，寫淡酒，風急、雁過、黃花，再寫梧桐、細雨、黃昏，都是詞人身處的眼前實境，妙在景真情真，只用尋常語，便成天下至文。真是一片悲愁，而詞人以豪放縱恣之筆，寫激動悲愴之懷，情真景淒，逼人眼淚，膾炙人口九百年。

這詞寫詞人一整天的愁苦心情；卻從「尋尋覓覓」開始，表現詞人在落寞的生活中，想找點什麼來寄托自己的空虛寂寞。可是找不到，只有「冷冷清清」的屋子，獨自一個，所以心情就淒慘憂戚，愁懷百結。「淒淒慘慘戚戚」，一片愁慘淒厲的氛圍，籠罩全篇。

「乍暖還寒」寫秋日清晨，朝陽初出，故云「乍暖」；但曉寒猶重，秋風砭骨，故云：「還寒」。「最風將息」與「尋尋覓覓」相呼應，說出詞人從一早起就不知如何是好。

接著寫酒難澆愁，風送雁聲，反而增添思鄉的情愁與惆悵。

下片由秋日高空轉入自家庭院。園中開滿了菊花，秋意正濃。而詞人自己卻是因憂傷而憔悴瘦損。是借花比擬詞人。然後，「守著窗兒」以下，寫獨坐無聊，內心苦悶，比「尋尋覓覓」又進一層。最後以「怎一個愁字了得」作結，結得蹊徑獨闢，千古未有，令人心悸。

這真是李清照晚年愁懷滿緒、寂寞空虛生活的真實表露，也因為情真意切，寫盡寂寞孤獨無依無靠人的情懷，所以感人。

十三、陸游

生於一一二五年，卒於一二一〇年，號務觀，又號放翁，越州山陰（今浙江紹興）人，南宋詩人與詞人，世稱「愛國詩人」，主張北伐抗金，不為南宋高宗與秦檜所重用。與楊萬里、范成大號稱南宋三大詩家，詩風平淡、清麗、奇譎，有《劍南詩稿》、《渭南文集》傳世。詞風雄放悲慨，兼有流麗綿密之美，前人謂其纖麗處似秦觀，雄慨處似蘇軾。詞存放翁詞一卷。

今選代表作二首，作翻譯、賞析。

1. 釵頭鳳

詞曰：

紅酥手，黃藤酒。滿城春色宮牆柳。東風惡，歡情薄。一懷愁緒，幾年離索。錯，錯，錯。

春如舊，人空瘦。淚痕紅浥鮫綃透。桃花落，閑池閣。山盟雖在，錦書難托。莫，莫，莫。

翻譯：

你紅潤的手臂，

捧著江南風味的黃藤酒，

伴隨著春色滿城和飄拂的柳枝。

你我曾攜手同遊沉園，恨東風太惡，

拆散你與我短暫的歡樂。

滿懷的愁緒，

幾年的分離與思索，

這一切都是我的錯，

我的錯，我的錯。

如今春光依舊，

人兒卻已消瘦，

淚兒將手帕溼透。
桃花開了又落，
樓閣空閉索莫。
往昔的山盟海誓仍在心底，
可是向你表示情愛的書信，又有誰可以託付與你。
我只能說：不要，
不要，
不要。

賞析：

這是詞人對前妻唐婉纏綿悲戚無奈的心情吐露的一首傳唱千古的詞。詞中記述詞人與唐氏分離後的再相遇於沈園，表達兩人眷戀之深和相思之切，抒發詞人怨恨悲苦又難以言狀的淒楚心情。

詞的上片寫詞人再與愛侶相遇的回憶美好生活與被迫分離的深刻相思與悔痛。首兩句寫再相遇唐氏為詞人把酒祝賀詞人中進士第一名的歡欣。第三句寫相遇的背景沈園的明麗風光。

接著寫是春風，但在詞人心中卻是惡劣的，雖中進士第一，卻被秦檜除名，想兩人美好恩愛的歡情、恩愛生活就像他的喜悅是那樣短暫。只留下「一懷愁緒，幾年離索。」無可排遣，只能沉痛地呼喊，「錯，錯，錯。」一連三個「錯」字，奔迸而出，感情極為沉痛。令人迴腸百轉，動人之至。令讀者咀嚼品味不盡。

下片寫再相遇，景物依舊，人事全非，倆人被迫離異後，身心的深哀巨痛。首兩句寫相遇後的唐氏，已憔悴、消瘦，一切都是「空」然，因為兩人已各有家室，對唐氏的憐惜、撫慰與倆人的痛傷，盡情吐露。「淚痕」句刻劃唐婉的表情動作與心情，委婉沉著、形象感人。用一「透」，寫出唐婉流淚之多，傷心之甚，詞人寫唐婉也寫自己。

詞的最後借景抒懷，與上片「東風惡」相照應。寫景寫情，寫唐琬也寫自己，自然巧妙、不著痕迹。按著由景入情，直抒胸臆，「山盟雖在，錦書難托」，千迴萬種，一切又怎能說？只有沉痛感喟，呼喊出不要，不要，不要，作結。令人迴蕩。

全詩用對比交錯表現陸游對唐婉的深摯愛情，上片與下片交疊呼應，表現陸游對唐婉的無比深情與無奈。全詞節奏急促，聲情淒緊，再以三次無奈的喟嘆結束，蕩氣迴腸，慟不忍言。

是詞人情真意切的曠世奇作。

2. 訴衷情

詞曰：

當年萬里覓封侯，匹馬戍梁州。關河夢斷何處，塵暗舊貂裘。
胡未滅，鬢先秋，淚空流。此身誰料，心在天山，身老滄洲。

翻譯：

當年我曾不遠萬里，去建功立業覓取封侯，
獨自率軍在梁州戍守。
而今壯志已成夢幻，夢中空有邊塞、河流，
塵土已使貂裘破舊。
北方的金人還沒消滅，失土尚未收復，
鬢髮已經先愁白，
老淚空流。
誰會料想得到我這一生，
竟會心在天山邊塞，
身老隱居滄洲。

賞析：

這是一首描寫詞人在晚年依然懷抱當年雄心壯志的

一首詞。一片悲壯、沉鬱。此詞作于陸游七十歲左右，身處江湖，未忘國憂，烈士暮年，雄心不已，高亢的愛國情懷、永不衰竭的愛國精神，形成詞作風骨凜然的崇高美。

首兩句再現往日的壯志凌雲，奔赴前線抗敵的勃勃英姿。「覓封侯」用班超投筆從戎、立功異域「以取封侯」的典故，寫自己報效祖國，收拾舊河山的壯志。用「覓」見出詞人自許、自信、自負的執著的愛國情操。「萬里」和「匹馬」形成空間形象的強烈對比，匹馬征萬里，一派卓犖不凡的氣慨。

接著寫事實，昔日之壯志情懷，今日只有在夢中出現，夢醒不知身處何處，只有舊日的貂裘戎裝，已塵封色暗。一個「暗」字，寫出歲月的流逝，人事的消磨，化作暗淡塵封的畫面，心情飽含惆悵。

上片高亢，下片化慷慨為悲涼，發出深沉的哀嘆與一片沉鬱悲涼。首三句句句緊逼，聲調短促，說盡一片壯志未酬。「未」、「先」、「空」三字承接比照，流露沉痛的感情，越轉越深。人已老，憂國之淚，只是「空」流，多麼的感慨、無奈。最後三句總結一生，反省現實。

「天山」代指抗敵前線，「滄洲」指閑居之地，「此生誰料」是誰料此生的倒裝句。「心在天山，身老滄洲。」先揚後抑，轉折大，結得悲壯沉痛。這首詞在幽咽悲慨中，表現詞人開闊深沉的情懷，比一般作品，更有力量，更動人。

十四、張孝祥

生於一一三二年，卒於一一六九年，號於湖居士，簡州（今四川）人。南宋詞人，才思敏捷，詞豪放爽朗、風格與蘇軾相近，詞多寫景寄情，境界清疏空闊。著有《於湖集》、《於湖詞》傳世。

今選代表作最膾炙人口的一首，作翻譯、賞析。

1. 念奴嬌

過洞庭

詞曰：

洞庭青草，近中秋、更無一點風色。玉鑒瓊田三萬頃，著我扁舟一葉。素月分輝，明河共影，表裏俱澄澈。悠然心會，妙處難與君說。

應念嶺表經年，孤光自照，肝膽皆冰雪。短髮蕭疏襟袖冷，穩泛滄溟空闊。盡吸西江，細斟北斗，萬象為賓客。扣舷獨嘯，不知今夕何夕。

翻譯：

洞庭浩渺煙青草，
近中秋時節，
更無一點風過。
似是三萬頃玉鏡瓊田，
只有一葉扁舟和我。
湖面分來素月的光澤，
還有天上的銀河，
上下天光，整個宇宙，空碧明澈。
靜靜悠然，我心領神會這美妙境界，
美妙處，卻難向你說。
回想我在嶺南一年多，
孤冷的月光自然照映著我，
我的內心世界，浩白如冰雪。
而今我鬢髮稀疏、兩袖清風，
穩坐小舟泛游在無垠空闊的洞庭湖。
長江水是我滿懷中的美酒，
斟酒的酒杯，是那北斗星座，
宇宙萬象，是我席上的賓客。
敲擊船舷，獨自長嘯，
不復知今夜是何年何月？

賞析：

這首詞是詞人被貶謫後北歸，過洞庭湖所作。洞庭湖的湖光山色洗滌詞人久鬱的心緒，詞人放情與湖光山色，一片心與大自然冥合，豪闊萬丈的雄豪氣象，並且忘情忘我，不知今夕何夕。

起筆「洞庭青草，近中秋，更無一點風色。」詞人以簡明的筆調，敘述地點、時令、氣候，層層遞進，將讀者帶入極富詩意的洞庭和中秋的氛圍中。用「風色」寫無影、無形、無色的盎然詩意。

接著「玉鑒瓊田三萬頃，著我扁舟一葉」寫詞人當時過洞庭之景，如詩如畫。這是一片靜靜的湖水，在月光的輝映下，像是一面碩大的玉鏡，又像是一片無垠的玉田，在浩渺的宇宙裡，只有詞人一人獨來一葉扁舟。在此「三萬頃」與「一葉扁舟」是大與小的巧妙組合，也是茫茫宇宙與渺小自我的和諧統一。

接著又加強，明寫湖光山色，並且借景抒情。「素月分輝，明河共影，表裏俱澄澈。」也暗含月色，於是月、湖、光、影、人、我都混然融合在這一片水清玉潔的世界，「表裏俱澄澈」寫人間、天上、內心與外物都一體澄淨、空明無塵，表現詞人的美學理想與人生追求的藝術境界。

然後在這樣物我合一的忘我境界中，詞人自然吟咏出：「悠悠心會，妙處難與君說。」總結上片，與下片的結語：「扣舷獨嘯，不知今夕何夕。」都是神來之筆。

這一首詞上片著重寫洞庭之景（景中亦無不含情），下片則著重抒情寫心（情中亦時時有景），上片寫湖月之澄，下片寫內心之澄。起首「應念嶺表經年，孤光自照，肝膽皆冰雪。」敘事也表情，詞人冰清玉潔的內在精神，栩栩如生的表露，而這一切只有「孤光」（月亮），照射詞人，是寫景也寫情，而接下文「短髮蕭疏襟袖冷，穩泛滄溟空闊。」用一「冷」與「孤光」相呼應，而「穩泛滄溟空闊。」既寫眼前實景，又寫瀟灑超脫的人生態度。

最後詞人說：「盡吸西江，細斟北斗，萬象為賓客。扣舷獨嘯，不知今夕何夕。」首三句承「穩泛滄溟」而來，寫詞人與大自然冥合無間，而以「不知今夕何夕」作結，回應「近中秋」，令人回味無窮。

十五、辛棄疾

生於一一四〇年，卒於一二〇七年。字幼安，號稼軒，歷城（今山東濟南）人。南宋愛國詞人。也是南宋豪放派詞人，人稱「詞中之龍。」與蘇軾合稱「蘇辛」，有《稼軒長短句》問世，今存詞六百多首。

今選其代表作三首，作翻譯、賞析。

1. 摸魚兒

淳熙己亥，自湖北漕移湖南，同官王正之置酒小山亭，為賦。

詞曰：

更能消幾番風雨？匆匆春又歸去。惜春長怕花開早，何況落紅無數。春且住。見說道，天涯芳草無歸路。怨春不語。算長門事，準擬佳期又誤。蛾眉曾有人妒。千金縱買相如賦，脈脈此情誰訴？君莫舞，君不見、玉環飛燕皆塵土！閑愁最苦。休去倚危欄，斜陽正在、煙柳斷腸處。

翻譯：

還能忍受幾多回風風雨雨的淒楚？
匆忙裡春之神又踏上歸途。
我珍惜春光，常怕花兒開得太早，
何況眼前有紅的落花無數。
春之神，暫且停住，你那匆匆的腳步。
聽說到，
綿綿延延，一直到天涯的萋萋芳草，早已沒有歸路。
可惱那春神，一聲兒也不出。

倒是那殷勤的蜘蛛，
整日在雕畫的屋簷下，
沾惹飛絮，像是要留住春的腳步。
那幽居長門宮的陳皇后，
本已約好佳期，卻又被延誤。
有著蛾眉的美人，自古就遭人忌妒。
縱然用千金買得司馬相如的洋洋大賦，
那滿懷愁緒，深深情愫，又向誰傾訴？
你不要狂歌亂舞，
你難道沒見到、
楊貴妃趙飛燕何等飛揚跋扈，
如今也早已化為塵土。
閑來的愁緒最苦。
不要去獨倚高欄，
此時那一抹斜陽、
正在那如煙的柳條令人斷腸的地方。

賞析：

這一首詞整篇全用香草美人比興，寄託詞人的鬱悶和感慨。

上片刻畫詞人戀春、惜春、留春、怨春的複雜情懷，下片以男女之情比喻君臣際遇。自然季節之春與人類男女之情，均寫照時代，比方人生。

起句橫空落筆，「更能消幾番風雨？匆匆春又歸去。」以春比喻美好人生，人有幾回美好青春，能禁得住幾回的風雨摧折？「匆匆」句言青春短暫。接著進一步寫「惜春長怕花開早，何況落紅無數。」表露詞人惜春之深，戀春之深。因為惜春所以留春，「春且住，見說道、天涯芳草無歸路。」留春不得，只有怨春，「怨春不語。」寫出詞人無邊的無可奈何的惆悵。人既無計留春，倒是那簷下蜘蛛，勤勤懇懇地，一天到晚不停地抽絲結網，去粘惹住那象徵殘春景象的楊柳飛花。「算衹有殷勤，畫檐蛛網，盡日惹飛絮。」

上片托之以春，下片寄之以美人。一開始五句，用漢武帝陳皇后的故事。比擬詞人自己。「君莫舞」三句，表現詞人豪氣本色，以玉環飛燕的結局警示人。最後抒寫個人情懷。見景傷情。

上片寫眼前景物，下片寫歷史史實。最後，拋開咏史，回來寫情、寫景。「休去倚危欄，斜陽正在、煙柳斷腸處。」寓情於景，含有不盡的韻味。整首詞婉約含蓄中見豪放愛國之熱情。近人以為此詞「肝腸似火，色貌如花。」可以作為讀者的參考。

2. 水龍吟

登建康賞心亭

詞曰：

楚天千里清秋，水隨天去秋無際。遙岑遠目，獻愁供恨，玉簪螺髻。落日樓頭，斷鴻聲裏，江南游子。把吳鈎看了，欄干拍遍，無人會、登臨意。
休說鱸魚堪鱠，儘西風、季鷹歸未？求田問舍，怕應羞見，劉郎才氣。可惜流年，憂愁風雨，樹猶如此！倩何人喚取，紅巾翠袖，搵英雄淚。

翻譯：

長天千里，楚地南國，一派淒清秋色，
流水隨天遠去，秋色無邊無垠。
登亭遠眺高遠的山色，
空惹我，愁幾番，恨幾多，
縱然那山色如玉簪，山巒似美人髮髻。
樓頭輝映著，落日的餘波，
空中鳴叫著，斷鴻的失落，
我這羈旅他鄉的江南游子。
把美鈎寶劍看了又看，

拍遍寂寞的欄杆，
又有誰人懂得，
我這登臨健康賞心亭的心意。
不要說鱸魚味美，
也休問，西風裡，思鄉的張翰是否回來？
我不會像許汜求問田舍，在英雄劉備面前，無顏羞赧。
可嘆時光如流水般飛過，
更何況，我時刻憂愁風雨飄搖的家園故國。
無怪當年的桓溫感慨，樹都如此，人又當如何？

誰可喚來紅巾翠袖的美人，
為我將這滿面的淚水揩抹。

賞析：

這是一首登臨觀賞，抒解詞人鬱結心頭、悲憤之情的一首詞。

起首「楚天千里清秋，水隨天去秋無際。」氣象闊大、筆力雄奇，正是英雄襟懷。接著寫山，「遙岑」是遠山。「遙岑遠目，獻愁供恨，玉簪螺髻。」三句，寫放眼望去，那一層層、一疊疊的遠山，有的很像美人頭上插戴的玉簪，有的很像美人頭上螺旋形的髮髻，而這些只能引起詞人的憂愁和憤恨。詞人心中有愁有恨，所見遠山也在「獻愁供恨。」這是移情即物。首兩句純寫景，至此三句即景抒情，由客觀而主觀，感情也由平淡而趨強烈。

「落日樓頭，斷鴻聲裡，江南游子。」三句則是寫景，也是寫情。「落日」是自然景物，「斷鴻」比喻自己飄零的身世和孤寂的心境。「游子」指自己。在建康賞心亭樓頭看落日西下，聽鴻雁哀鳴，而獨立著的是我這流落江南的游子，多麼令人感傷。

「把吳鉤看了，欄杆拍遍，無人會、登臨意。」是直抒胸臆，「吳鉤」是吳地所造的鉤形刀。本是戰場上殺敵的銳利武器，現在卻只能看而不能用，令人生出無限感慨，以至於「欄杆拍遍。」是說胸中急切悲憤的鬱結情懷，借拍打欄杆來發洩。而詞人愛國的壯志，卻「無人會、登臨意。」將強烈的思想感情寓於平淡的筆墨中，內涵十分豐厚，非常耐人尋味。而「無人會、登臨意」的孤獨落寞，更令人添加哀戚和深深的同情。

上片寫景抒情，下片則直接言志。

「休說鱸魚堪膾，儘西風，季鷹歸未？」這是用典，寫游子有家難歸的鄉思，是「落日」、「斷鴻」背景中游子的真情流露。「求田問舍，怕應羞見，劉郎才氣。」也是用典，寫如只想歸隱山林，就要羞見三國中的英雄劉備。接著「可惜流年，憂愁風雨，樹猶如此。」也是用典，寫可惜流年在風雨飄搖的憂愁中過去，樹猶如此，人何以堪，層層推進，把詞人憂國的雄心壯志表露得淋漓盡致。所以，最後「倩何人喚取，紅巾翠袖，搵英雄淚。」悲嘆自己抱負不能實現，又無知己的同情與慰借。與上片「無人會、登臨意。」相呼應。

3. 菩薩蠻

書江西造口壁

詞曰：

鬱孤臺下清江水，中間多少行人淚。西北望長安，可憐無數山。
青山遮不住，畢竟東流去。江晚正愁予，山深聞鷓鴣。

翻譯：

鬱孤臺下，清澈不息的江水，
翻滾著多少行人的血淚。
我翹首遠望中原故都長安，
可嘆可悲啊！這中間阻隔著層層疊疊，不盡的山巒。
青山！你遮得住我遠眺的視野，
卻遮不住大江浩蕩奔騰的向東流去。

江畔暮色使我愁緒萬端，

更那堪鷓鴣聲聲啼叫，回蕩深山。

賞析：

這是詞人經江西造口題在壁上的詩。

這一詞一般學者都引羅大經，《鶴林玉露語》，認為是有比興寄托的涵意，我們不襲用前人、近人語來賞析，純以寫作技巧來鑑賞。此詞用李白〈登鳳凰台〉：「長安不見使人愁」和蘇軾：「孤雲落日是長安」的典，即唐人和前代人的詩意，寫「望長安」，增加詞的意涵和深度，令此詞讀來倍感雋永有味。

首先寫造口的鬱孤臺和清江，一寫山，一寫水，一以縱的方面而言，一以橫的方面而言，一言高聳、一言遼闊，如此的開筆，可說橫絕，表現詞人不凡的氣慨。是寫造口的山水之景。

接著「中間多少行人淚。」以「行人淚」比興「清江水」寓情於景，讓詞更加動人和可讀性高。承接首兩句，第三句云：「西北望長安」為詞的詞眼，點出詞的旨意與詞人的感情。最後用「可憐無數山」為上片作結束。「可憐」是可嘆的意思，表示思念故國中原汴京，望卻望不到，視野為大大小小，無數的山巒阻隔。

下片回應上片的山、水和情懷，寫題壁的時間是江晚，心情是「愁」，國愁、愛國的愁，然後以「山深聞鷓鴣」作結，用鷓鴣的啼聲，表現聽覺的美感，也回應「東流去」的江水，用「山深」回應「青山遮不住」，也回應上下起句的「鬱孤台」和「無數山」。

整首詞一氣呵成，迴環百折，寫山水也寫情感，令人讀不盡，回味無窮，不愧是詞中瑰寶，精鍊而有韻味。

十六、關漢卿

大約生於金代末年（約一二二九年或一二四一年），卒於約一三〇〇年前後。號已齋，字漢卿，元曲四大家。

今選其散曲代表作三首，作翻譯、賞析。

1.［南呂］四塊玉　別情

曲曰：

自送別，心難捨，一點相思幾時絕。憑欄袖拂楊花雪。溪又斜，山又遮，人去也。

翻譯：

自從送你別離以後，心裡對你一直難分難捨，對你的一片相思情意，什麼時候才會消止。憑靠著欄杆，用衣袖拂動飛舞如白雪的楊花。溪水又斜流，群山又遮了我的視線，人兒已經遠去了。

賞析：

這一首曲是作者以女子的立場，寫男女的離別相思。在語言、音節、情感、結構上，都有值得稱道的地方。

曲從別後說起，口氣平易，寫別後相思，難分難捨的情懷。心中的一點相思，幾時絕？表現別情纏綿的意緒，令人哀惋。「憑欄袖拂楊花雪」表示季節是暮春，如雪的楊花牽動女子的離別情思，又顯示別離後相思處是在高樓。「楊花雪」造語奇異、耐人尋思。

末三句「溪又斜，山又遮，人去也。」寫別時景象，結構婉曲，令人讀來迴旋，有韻致。用追憶，更襯托出女子別後相思的纏綿。餘音繞樑，迴蕩不止。

2.［南呂］四塊玉　閑適

曲曰：

南畝耕，東山臥，世態人情經歷多。閑將往事思量過。賢的是他，愚的是我，爭什麼！

翻譯：

在南邊的田畝耕種，在東邊的山畔睡臥，人情世態經歷夠多。閑暇將過往情事思量一番。賢達的是他，愚拙的是我，又有什麼可爭的！

賞析：

這一首曲寫曲家過閑適隱居生活的心曲。

「南畝耕」用陶淵明隱居躬耕的典故，次句「東山臥」用謝安隱居東山的典故。表現曲家效法前賢要隱居山林的心態與意趣。

「世態人情經歷多」表明作者的歸隱是為了了卻人世的紛擾，而塵世間的人情世故對作者而言，並不是陌生的，是身所經歷過的。

「賢的是他，愚的是我。」明白點出作者與世俗人的不同，「他」表示世俗人，作者反用，以賢達稱譽；相對的我，卻是愚拙的，這樣的處世態度，才能說出，非常豁達的話：「爭什麼！」葛洪，〈抱朴子〉云：「貌愚而志遠」就說明曲家不同與一般「貌愚志遠」的傳統讀書人，而是真個放得下的陶淵明、謝安。

3.［雙調］沉醉東風

曲曰：

咫尺的天南地北，霎時間月缺花飛。手扶著餞行杯，眼擱著別離淚。剛道得聲：保重將息，痛煞煞教人捨不得。「好去者望前程萬里」！

翻譯：

近在咫尺的相聚卻是要天地南北分離，一霎時月兒殘缺了、花兒飛落了。用雙手扶著為你餞別的酒杯，眼裡擱著因分離欲流的眼淚。才剛說一聲珍重、好自將息；心痛啊！心痛啊！真教人捨不得啊！好好去吧！希望你前程萬里！

賞析：

這是一首曲家想悵惘淒惻的離情別緒的一首曲。這一首寫話別餞行的兩情依依。

「咫尺的天南地北，霎時間月缺花飛」寫眼下雖近在咫尺，但即刻便要各分南北。講的是空間的距離。然後接「霎時間」，表現時間的短暫，月雖有陰晴圓缺，花雖有開謝盛衰，而人卻在「霎時間月缺花飛」，這別離又情何以堪。

「手扶著餞行杯，眼擱著別離淚。」寫分別的神態，分離的深深不捨與表情，十分生動的表現出來。然後強忍淚水，說一聲保重，心卻萬分痛慟，人也十分不捨，就在難分難捨之際，曲家以希望離人前程萬里的祝福語作結。十分新穎有力。是關漢卿散曲小令的代表作，深愛各家的青睞。

十七、白樸

生於一二二六年，卒於一三〇六年。字仁甫，隩州（今山西）人。與元好問相交游，元曲四大家。

今選其散曲小令代表作三首，作翻譯、賞析。

1.［中呂］陽春曲　知幾

曲曰：

張良辭漢全身計，范蠡歸湖遠害機。樂山樂水總相宜，君細推，今古幾人知。

翻譯：

張良辭別了劉邦，是為了保全自身、全身而退的計策，范蠡歸隱五湖，是為了遠離禍害的動機。要做樂山的仁者，或做樂水的知者，都是十分恰當的。

但是，你仔細推敲，古今有幾人能夠了解。

賞析：

首句「張良辭漢全身計」，張良是輔佐劉邦平定天下的功臣，但大功告成以後他便隱退了。「范蠡歸湖遠害機」，范蠡幫助越王勾踐平吳的謀臣，吳滅後，他辭去封爵，泛舟五湖。曲家選這兩位歷史人物，說明他們是知幾的，所以能功成身退，全身遠害。這兩句包涵無比豐富的歷史內涵。

「樂山樂水總相宜」指張良、范蠡，不管你學那一個，都是恰當的。「君細推，今古幾人知。」這全身遠害的知幾者，古今有幾人，能了解？

這首小令以議論入曲，上下千年，縱橫古今，融深沉的歷史經驗與深刻的現實感受為一體，讀來冷峻深邃，發人深省。

2. [越調] 天淨沙　春

曲曰：

春山暖日和風，欄干樓閣簾櫳，楊柳鞦韆院中。啼鶯舞燕，小橋流水飛紅。

翻譯：

春天的山嵐、和暖的太陽、溫和的東風，紅色的欄干、紅色的樓閣、紅色的簾櫳，碧綠的楊柳、庭院中的鞦韆，黃鶯鳴啼、燕兒飛舞，一座小橋、一彎流水，繽紛的春花飛動燦紅。

賞析：

這一首曲，曲家以繪畫的技法，從不同空間層次來描寫春天眼所見的景。

首句「春山暖日和風」寫遠景山巒、大自然的太陽和風雲，給人以整體春天的感受，那是暖和的春景。接著鏡頭拉近，寫中景，是「欄干樓閣簾櫳」，而曲家在其中，自然意會得出。然後寫近景，也是小景，「楊柳鞦韆院中」，是樓閣外的庭院之景。這好像是中國畫的平遠、高遠、深遠。

春天的畫意寫足了，由眼中所見視覺的美感加入鶯燕啼舞，給視覺的美感配上聽覺的美感，鳥的啼叫回應小橋流水的潺潺水聲，所以末句寫「小橋流水飛紅」流水配上舞動的紅色春花，映襯院中的楊柳，一幅春天的明媚圖、鳥語花香如入眼前。

表現散曲小令的雅正之美，蓬蓬勃勃、活活潑潑。是白樸高於關漢卿等曲家口語化散曲小令的地方。是曲中佳品。

3.［越調］天淨沙　秋

曲曰：

孤村落日殘霞，輕煙老樹寒鴉，一點飛鴻影下。青山綠水，白草紅葉黃花。

翻譯：

孤單的村莊、夕陽黃昏、殘紅的晚霞，輕淡的煙雲，蒼老的樹木、寒秋的烏鴉，有飛翔的鴻雁的影子飛下。青翠的山脈、碧綠的流水，白色的蘆葦、紅色的楓葉、黃色的秋花。

賞析：

這一首描寫秋景的散曲小令，創作的時間比馬致遠的秋思早，是不是互有影響，不得而知。但是二人用的曲調相同（寫法相同），所寫的秋天的意境，給人的感受大同小異，然而因為選家偏愛馬致遠的秋思，白樸的這一首天淨沙秋，反而被一般人所忽略。

這一首散曲小令的意象構成（意境）和語言構成和馬致遠秋思有雷同的地方，也是二人在表現秋景秋意的獨到之處。首先寫「孤村落日殘霞」，一幅黃昏下的孤立村落浮現讀者眼前。接著寫「輕煙老樹寒鴉」給黃昏孤村添上一片輕煙裊裊的朦朧美在視覺的美感寫足後，靜態美烘襯動景，表現動態美，曲家寫下「一點飛鴻影下」。然後，接著寫秋天大自然的景，「青山綠水」、「白草紅葉黃花」秋的美感，栩栩如生。這一首散曲小令在顏色字中，表現繪畫美下收束，給人無境的遐思。顏色字有「白」、「紅」、「黃」、「青」、「綠」。

十八、馬致遠

生於一二五〇年，卒於一三二一年，號東籬，河北東光人，風格豪放、清逸，元曲四大家。

今選其代表作三首，作翻譯、賞析。

1.［越調］天淨沙　秋思

曲曰：

枯藤老樹昏鴉，小橋流水人家，古道西風瘦馬。夕陽西下，斷腸人在天涯。

翻譯：

枯瘦的藤條、蒼老的樹木、黃昏的烏鴉，一座小橋、一彎流水、一戶人家，蒼茫的古道、寒秋的西風、削瘦的馬。黃昏落日，在天涯流浪的古道上，有一個斷腸人騎在瘦馬上。

賞析：

這一首曲非常有名，膾炙人口。

曲家這一首天淨沙秋思和白樸的天淨沙秋，有異曲同工之妙。用繪畫的構圖、攝影的手法，把秋景寫得異常生動，而在寫景中注入作者的思想、感情，寓情於景，寫秋天的黃昏，有一個斷腸人，漂泊在天涯。

首兩句寫眼前所見的景，是枯藤、是老樹、是昏鴉，有小橋、有流水、有人家。接著由眼前景，推到遠方的古道、自然的西風，斷腸人騎的瘦馬。整個秋景、物我、人我合一後，宕開來寫時間，是「夕陽西下」，在古道上、騎著瘦馬的斷腸人，在西風吹拂中，踽踽而行邁向天涯。氣勢壯闊、給人無盡的懷思和綿綿不絕的詞意，所以膾炙人口，傳唱千古。

2.［雙調］野興

曲曰：

林泉隱居誰到此，有客清風至。會作山中相，不管人間事。爭什麼半張名利紙？

翻譯：

隱居在山林泉水間，有誰到此？有客人伴隨清風到。隱居山野，不管塵世間的俗事，又何必跟一般人一般見識爭什麼半張的名利紙。

賞析：

這一首散曲小令，曲家純用敘事，表現個人與大自然為伴，不與人爭的田野興會。

首先用反詰語，寫隱居林泉，會有誰到此？如果有客人來，是伴隨清風而來。曲曰：「林泉隱居誰到此，有客清風至。」

再言曲家隱居山野，不管人世間的俗事。曲曰：「會作山中相，不管人間事。」最後寫「爭什麼半張名利紙。」不屑於權貴的爭名奪利。也不屑於讀書人參不透的爭名奪利。要逍遙自在做個閑雲野鶴。

表達技巧平鋪直述，卻令人深思。在元曲四大家中，殊屬難能可貴，其口語化的表達，可與關漢卿並美。

3.［雙調］壽陽曲　山市晴嵐

曲曰：

花村外，草店西，晚霞明雨收天霽。四圍山一竿殘照里，錦屏風又添鋪翠。

翻譯：

燦爛繽紛的山野村落外，酒店草市的西邊，黃昏的晚霞清明的雨後，天氣晴朗。夕陽照映著四周一竿外的山巒，山巒像繪畫中的屏風聳立在「花村外，草店西。」山嵐又增添了鋪陳的翠碧山色。

賞析：

「花村外」暗點題目的「山」字，「花村」點明描寫的是山花燦爛的山村，「外」字，將景物描寫的境界擴大，表明此首散曲小令著眼點不是山村內景，而是山村外景。「草店西」暗扣題目「市」。店指酒店，山野酒店故曰「草店」。「西」字與「外」字相呼應，再表明此首散曲小令不是描寫草店，而是描寫草店外的自然風光。「花村外、草店西。」給人「結廬在人境，而無車馬喧。」（陶淵明，〈飲酒〉）的意境，給人一種既在人間，又超塵脫俗的意味。以此兩句開篇，妙趣橫生。

第三句「晚霞明雨收天霽」，又扣題目中「晴」字。

「晚霞明」寫山市上空清新通明，燦爛多彩的晚霞。「雨收天霽」寫天放晴，給人清明的視覺感受和心理感受。一「明」字，可說是曲眼。

最後兩句承「明」字，寫一竿之外的遠山，曲曰：「四圍山一竿殘照裡。」，這遠山是無比的絢麗多彩，故曰：「錦屏風又添鋪翠。」表明由天及地的晴嵐，表現的是大自然的美。

此首散曲小令美侖美奐給曲家的作品增添另外一種面貌，不愧為元曲四大家。

十九、張可久

生於約一二七〇年，卒於約一三四八年前後。慶元路（今浙江）人。元重要散曲小令作家。

今選其代表作三首，作翻譯、賞析。

1.［黃鐘］人月圓　山中書事

曲曰：

興亡千古繁華夢，詩眼倦天涯。孔林喬木，吳宮蔓草，楚廟寒鴉。

數間茅舍，藏書萬卷，投老村家。山中何事，松花釀酒，春水煎茶。

翻譯：

千古歷史上的興亡盛衰，都是一場繁華的夢幻，縱觀天涯、視通萬里，已覺得厭倦世俗塵事。孔子與其后裔的墓地，已長了高大的喬木，吳國的宮殿，已生了蔓延四周的野草，楚國的宗廟圍繞著一群苦寒的烏鴉。

我只要數間茅草屋，裡面藏萬卷書，在老年的時候，投身山村田家。山野裡有什麼事呢？用松花釀酒，用春天的溪水煎茶。

賞析：

起首一句總寫興亡盛衰的虛幻，氣勢闊大。這是由縱的時間上說起，第二句寫曲家的視野貫通萬里直到天涯，這是由橫的空間上說起。然後用一「倦」字，為下文隱居作伏筆。「天涯」又為「孔林」三句作張本。

「孔林」三句具體鋪敘千古繁華如夢的事實，同時也是「詩眼」閱歷「天涯」所得。三句用鼎足對，具體印證世事滄桑、繁華如夢的哲理。

「數間」以後諸句，寫歸隱山中的淡泊生活和詩酒自娛的樂趣。「茅舍」、「林家」、「山中」，寫出題目「山中書事」，又突出隱居環境的幽靜古樸、恬淡安寧。「藏書」、「釀酒」、「煎茶」，則寫其詩酒自娛、曠放自由的生活樂趣。

飲酒作詩、讀書品茶，可說足慰晚年。

此首散曲小令異於婉約清麗之作，散發一股豪邁之氣，令人回味、激賞。

2.［黃鐘］人月圓　客垂虹

曲曰：

三高祠下天如鏡，山色浸空濛。蒓羹張翰，漁舟范蠡，茶灶龜蒙。
故人何在，前程那裡，心事誰同？黃花庭院，青燈夜雨，白髮秋風。

翻譯：

三高祠下，天空如明鏡，山色浸蕩在迷茫的雨夜裡。思鄉的張翰，泛舟五湖的范蠡，用灶煎茶的陸龜蒙。

這三位隱士高人又在那裏？我的萬里前程又在那裡？我的心事有誰和我一樣？庭院中的黃花，夜雨下的青燈，秋風中的白髮的我。

賞析：

這一首散曲小令是曲家在客居吳江時，憑弔古代三位高人隱士的遺迹時，所發出的感慨。

頭兩句寫景。「三高祠」在吳江垂虹橋東。首句寫近景，秋天天高雲淡、彩繪分明、晴朗的天空與太湖水天相映，清如明鏡；次句遠景，遠處蒼翠的群山，浸沾著朦朧雨霧。兩句皆明寫天空、山色，而隱寫太湖水光，一遠一近，一晴一雨，同一天地，境界迥異。「天如鏡」啟下追懷古賢的高風亮節；「浸空濛」，逗出後文前途渺茫的惆悵之情。

中間六句，由懷古而自傷。首先懷古三句，鼎足對，分用三個典故，表達曲家憑迹懷古，追慕三位高人隱士的淡泊名利、知機隱退的高風亮節。接著三問、三嘆、在修辭上顯出變化、在感情上亦由緩漸急，惆悵感慨、力透紙背。

結尾三句寫客觀的孤寂之景。「黃花」、「青燈」、「白髮」，「庭院」、「夜雨」、「秋風」，不僅色澤對比鮮明，意象組合亦極具匠心，動靜相間，有聲有色，栩栩如生地描繪出一幅秋風夜雨下的游子圖。這首散曲小令以景起，以景收，中間懷古傷今，感情由弛而張，由淡趨濃，結語扣人心弦。令人一唱三歎，是曲中佳品。

3.［正宮］醉太平　懷古

曲曰：

翩翩野舟，泛泛沙鷗。登臨不盡古今愁，白雲去留。鳳凰台上青山舊，鞦韆墻裡垂楊瘦，琵琶亭畔野花秋。長江自流。

翻譯：

翩翩搖蕩的野外小舟，泛泛自飛天地間的沙鷗。登高望遠訴說不盡古今多少愁懷，只見天上白雲悠悠飄去又回頭。

在鳳凰台上憑弔懷古，青翠的山巒依舊，而墻裡的鞦韆，垂地的楊柳俏瘦，秋天在琵琶亭畔野花盛開。長江從古到今自在地流逝。

賞析：

這一首散曲小令寫憑弔古迹、緬懷古人的感慨。

首兩句用典，化用前人的語意，寫曲家自在閑遠如小舟，開闊翱翔天地如沙鷗。將靜態變為動態，深化前人的語境，顯得美麗、深厚和博雅。

接著寫憑弔懷古、登高望遠，訴說不盡古今多少愁懷。然後用「白雲去留」洗盡憑弔的傷感，給予讀者移山倒海的筆力和迴腸蕩氣的妙趣。給人不言而喻的不盡美感。

中間一組鼎足式的對偶句，充滿緬懷和景仰。概括李白、蘇軾、白居易的詩作，借以抒發自己的感情，特別顯得格調高昂、氣勢磅礴，局面浩蕩。感情深沉、筆勢開闊豪壯。

結語「長江自流」，響亮有力；曲家在這一首散曲小令中化用古人為自己的語言、思想、感情，而構成自己創造的新意境，別有一番耐人尋思、咀嚼的韻味，給人極大的美感享受，是一首曲中佳品。

二十、倪瓚

生於一三〇一年，卒於一三七四年。號雲林，無錫（今江蘇）人。為元代文人畫家，以文人精神入畫，今選其散曲小令表現當時代畫家，接受文學滋潤的精神與興會。其畫作為元四大家。

今選其代表作三首，作翻譯、賞析。

1.［黃鐘］人月圓

曲曰：

傷心莫問前朝事，重上越王台。鷓鴣啼處，東風草綠，殘照花開。悵然孤嘯，青山故國，喬木蒼苔。當時明月，依依素影，何處飛來？

翻譯：

心情憂傷不要問我前朝往事，重新登上越王台。鷓鴣鳥鳴叫的地方，春風吹拂台邊青草碧綠，夕陽西下映照台邊的野花開放。惆悵地獨自一人吟嘯，青翠的山脈昔日的故國，高大的樹木蒼茫的青苔。當時的月色明亮，依依不捨雪白的影子，從何處飛來的呢？

賞析：

這是一首弔古抒情的散曲小令，內容寫作者重登紹興越王台，所引起的懷念故國、追憶往事的惆悵心情。

開扁一二句記登臨弔古的事和因，而引起的傷心感情。是述事兼抒情。前朝指的是宋，倪瓚雖然去宋已遠，但身為漢人，被元朝統治，自然不免感慨傷心。強烈、深廣。今天，作者重游前朝重地，登上當年勾踐點兵復仇的越王台，感情自不能抑制，所以，對前朝（宋朝）的往事，就不堪問，也不忍聞。這兩句文字極簡，但憂憤之情卻表現得很深摯。

「鷓鴣」以下三句是描寫句，曲家筆在寫自然之景，意卻在抒惆悵之情。「鷓鴣」是一種禽鳥，啼聲淒切，作者登台只聽見鷓鴣的悲啼，放眼而望，又只見殘陽中初綠的衰草、暮色中的山花，一片蒼涼景色。襯托曲家深沉的感情。

下片以「悵然孤嘯」領起。一人獨自嗚嘯，是感情激烈的表現，在悲悵中顯出激昂。看「青山故國、喬木蒼苔」蒼涼之情就更強烈。而後，明月升起，是當時、當日的前朝的明月，她那皎潔柔和的月光，好像對故人表現出依戀不捨的情感。情與景融合為一。這明月素影又是從何處飛來的呢？如此反詰收束，顯得奇突、有力。

曲家是一位傑出的畫家，他幾乎是以淡墨山水畫的高度技巧，把深情寄托在綠草蒼苔、夕陽素影間，詩中有畫、畫中有詩。不盡之意，真不可以限以繩墨。是一首抒情佳品。

2.［越調］小桃紅

曲曰：

一江秋水澹寒煙。水影明如練。眼底離愁數行雁。雪晴天。綠萍紅蓼參差見。吳歌蕩槳，一聲哀怨，驚起白鷗眠。

翻譯：

一江的秋水、澹澹寒波煙霧。水中的倒影、明亮如白練。眼中的離愁伴數行南飛的大雁。晴朗的雪天。綠色的萍草，紅色的蓼花，參差不齊地被看見。江南的吳歌，飄蕩在舟水間，一聲聲哀怨，驚起沙洲上安眠的白鷗。

賞析：

這也是一首詩中有畫、畫中有詩的散曲小令。全首純寫景。寫一個雪後晴天，一江秋水白練似的向遠處平鋪舒展，在殘雪的映襯下，顯得分外明亮。水面上淡淡的煙靄，似乎還帶有一絲寒意。天空中征雁數行，飛向南方，似乎勾引起曲家的離愁別恨。展眼望去，水邊的綠萍，紅蓼參差，錯落有致，點綴這一幅「秋江雪霽圖」，一片素雅，充滿田野情趣。而江南的吳歌，飄蕩在舟水間，歌聲，水槳聲，驚起了灘頭休憩的白鷗，撲簌簌地飛向遠處。

這是一幅簡潔凝煉的山水圖。靜中有動、動中有靜，整個畫面遠景、中景、近景層次分明，虛實相生，表現倪瓚畫的構圖匠心，讀曲如看畫，也就給讀者不盡的曲意與畫意，也表達曲家秋天淡淡的情愁。

3.［雙調］水仙子

曲曰：

東風花外小紅樓，南浦山橫眉黛愁。春寒不管花枝瘦，無情水自流。檐間燕語嬌柔，驚回幽夢，難尋舊游，落日帘鈎。

翻譯：

春風春花外，有一座小小的紅樓，南浦四圍的山巒橫亙恍如美人帶著一絲哀愁。春天的寒意飄灑不管如花枝般的美人削瘦，無情的流水自然地流去。屋簷間燕兒鳴叫、雙雙嬌柔親昵，而紅樓內獨眠的女子，在幽夢中驚醒，而昔日與我親密的交遊，已難尋覓，只有黃昏的落日照映著帘鈎。

賞析：

這是一首描寫離情別緒的散曲小令，蘊藉婉約、情致綿遠。

前四句寫得影影綽綽，若隱若現。曲家描寫的是景物，卻讓景中有人。「紅樓」是女子的住處，而「紅樓」在「東風花外」，可見其遙遙渺渺。而這「東風花外」的「紅樓」正是曲家眼中所見、心中所想的。用「東風花」象徵曲家溫馨親切的感情。「南浦」是送別的地方，「南浦山橫眉黛愁」，寫在送別之所，女子正緊蹙雙眉發愁。接著以「花枝瘦」呼應「眉黛愁」，因為堪離別而愁上眉頭，又因不勝幽怨而伶俜瘦怯、楚楚可憐。以上四句語語雙關，既寫景、又寫人。

後面四句，曲家直接描繪紅樓主人。先以「檐間燕語嬌柔」應襯女子的孤獨和淒寂，悄聲燕語，驚醒幽夢，顯出小紅樓的靜謐和冷寂。再用「難尋舊游」點「驚回幽夢」，夢中的溫馨已「難尋」，只有一抹淡淡的落日餘輝，映照帘鈎。

曲家不從正面寫離愁別緒，卻寓情於景。曲家精於繪畫，其散曲小令精於寫景，如詩如畫，初看似乎純寫景，細細品味，景中無不含情，深邃含蓄，正是表現倪瓚「詩中有畫，畫中有詩」的特點。也是文人畫家接受文學薰陶的具體表現。

國家圖書館出版品預行編目(CIP)資料

中國詩人詞人曲家賞析 / 戴麗珠著. -- 初版. --
新北市 : Airiti Press, 2012. 08
面 ; 公分
ISBN 978-986-6286-58-2 (平裝)

830 101015197

中國詩人詞人曲家賞析

發 行 人/陳建安
出版單位/Airiti Press Inc.
作　　者/戴麗珠
總 編 輯/古曉凌
責任編輯/謝佳珊
執行編輯/謝佳珊、方文凌
版面編排/薛耀東
封面設計/薛耀東
發行業務/楊子朋
行銷企劃/賴美璇
發行單位/Airiti Press
234 新北市永和區成功路一段 80 號 18 樓
總 經 銷/華藝數位股份有限公司
戶名:華藝數位股份有限公司
銀行:國泰世華銀行　中和分行
帳號:045039022102
電話:(02)2926-6006　傳真:(02)2231-7711
服務信箱:press@airiti.com
法律顧問/立暘法律事務所　歐宇倫律師
ISBN / 978-986-6286-58-2
出版日期/ 2012 年 8 月初版
定　　價/新台幣 260 元